COLLECTION FOLIO

Anne Guglielmetti

Deux femmes et un jardin

Gallimard

Anne Guglielmetti, née en 1952 d'un père italien et d'une mère lorraine, est romancière et traductrice de livres d'art et d'architecture.

À Anne Chapoutot

Elle arriva par le train de Paris qui faisait halte en gare de L'Aigle à douze heures trente précises. C'était un jeudi de novembre et il pleuvait. Le ciel était uniformément gris et immobile, la pluie fine et continue, l'humidité plus pénétrante que le froid n'était vif.

Les deux ou trois autres voyageurs descendus en même temps qu'elle disparurent aussitôt, ils savaient où ils allaient. Elle aussi savait où elle devait aller, en tout cas le nom de sa destination lui était à présent familier. Elle l'avait tant de fois lu et relu sur ce qu'elle appelait « les papiers ». Et puis le nom de ce hameau n'était pas si difficile à mémoriser. Elle n'y était revenue que pour se convaincre de sa réalité, et de la réalité d'un acte notarié qui faisait d'elle la propriétaire « d'une bicoque — le mot était du clerc, prononcé avec un sourire condescendant —, sise dans un hameau perdu de la campagne normande… À vous de voir ce que le hasard a concocté ! », avait ajouté cet homme pour qui, apparemment, tout ce qui n'était pas la capitale méritait le qualificatif de « perdu » et auquel sa cliente ne pouvait inspirer que ce ton condescendant.

Elle n'y avait prêté aucune attention. La condescendance, elle connaissait : nuance éphémère dans une indifférence épaisse ou pâle variante d'un apitoiement agacé, elle n'avait jamais entendu que ce ton de voix durant toute son existence, quand une voix daignait s'adresser à elle. Habituée, oui, et par l'habitude peut-être cuirassée, la moindre inflexion d'intérêt véritable ou de gentillesse l'aurait, au contraire, sans doute prodigieusement embarrassée.

Le hasard, en revanche, incarné par quelques feuilles timbrées tenues à deux mains ou, mieux encore, par une grande clé à l'ancienne qui avait pesé dans sa paume et pendait maintenant à son cou au bout d'un ruban, toute chaude de sa propre chaleur emmagasinée sous un pull-over, ce hasard-là, qui l'avait dénichée, elle, Mariette Copiel, dans les méandres d'une généalogie dont elle n'aurait jamais imaginé l'existence, l'avait pendant des semaines sidérée.

« Il y a des vies sans hasard », a écrit M. de Balzac. La vie de Mariette avait été de celles-là jusqu'à une succession dont l'unique héritière avait été pistée avec diligence par un cabinet de généalogistes, lequel avait prélevé sa dîme au passage avant que l'étude du clerc ne fasse de même, et après que l'État se fut servi en premier. Oui, oui, avait répondu Mariette à tout ce qui était soumis à son approbation, et à sa signature : oui, oui, où ? ici, vous dites, Monsieur ?... De sorte que, de cet héritage qui avait fait irruption dans sa vie sans hasard, il n'était resté au bout du compte qu'une maison vraisemblablement de peu, située dans un hameau du département de l'Orne, nommé La Gonfrière.

Elle songeait à tout cela sous la

marquise de la gare, debout, son sac posé à terre, face à une place vide de tout mouvement autre que celui, entêté et aveugle, d'une pluie de novembre à l'heure où, en province, chacun est attablé chez soi devant son déjeuner. Et dans cette vague, très vague pensée émergeait le nom d'un hameau qui, dans un premier temps, lui avait paru bizarre mais d'où était née, à force de répétitions, une sorte de douceur semblable à celle du chocolat chaud dont elle dînait les soirs d'hiver. Peut-être parce qu'un jour il lui avait soutiré un petit rire en lui suggérant une gaufre tiède et moelleuse, poudrée de sucre glace.

Il fallut le coup de klaxon de l'autocar, qui était déjà là quand elle s'était arrêtée au sortir de la gare, pour la tirer de ce songe si proche encore de l'ancienne stupeur. Saint-Évroult-Notre-Dame-du-Bois ? demanda-t-elle en montant ; le conducteur hocha la tête. Cet autre nom d'un saint perdu dans un bois, presque aussi extravagant pour elle que celui de sa destination proprement dite, avait été à peine moins difficile à trouver sur une carte de géographie, dégotée dans une bibliothèque municipale.

Elle aurait pu demander au fils de ceux qui étaient alors ses patrons ; le gamin pianotait en permanence sur le clavier de son ordinateur. Mais elle n'avait rien demandé, et pas seulement parce qu'il aurait peut-être fallu donner des explications en retour… Des fois que cet ordinateur qui, paraît-il, était capable de trouver une aiguille dans une botte de foin « réponde » que ce hameau n'existait pas, des fois que s'en prévaloir devant un tiers réduise à néant sa réalité supposée… C'était idiot puisque « les papiers », puisque la clé, puisque le notaire, etc., elle en convenait. Mais sait-on jamais ? Elle n'avait rien dit.

Son œil erra un instant sur la vitre en quête de la campagne qui défilait derrière, mais la pluie devenue plus drue battait ce côté de l'autocar et l'on ne voyait pas grand-chose. « C'est qu'il m'en a fait faire, des choses, ce hasard ! », lança-t-elle, et personne ne lui jeta un regard oblique parce qu'elle s'était assise le plus loin possible des autres passagers, au demeurant peu nombreux, qui occupaient les places à l'avant.

Elle n'était pas plus une habituée des bibliothèques que des livres. En réalité, elle n'avait jamais franchi le seuil d'une bibliothèque municipale et, depuis ses très lointaines années d'école primaire, elle n'avait dû poser la main sur un livre que pour en ôter la poussière, et encore, y avait-il eu chez ses patrons successifs des livres pour recueillir le silencieux hommage du temps ? Rien n'était moins sûr.

Mais le hasard qui l'avait pour la première fois de son existence effleurée de son aile s'était de nouveau montré bon prince et même grand seigneur. Il lui avait offert, dans la bibliothèque la plus proche de son domicile, un *Atlas de l'Orne* qui recensait les monuments et curiosités de ce département. Suprême hasard, en effet, puisqu'il ne devait pas exister deux exemplaires de cet obscur ouvrage d'une édition déjà ancienne dans toutes les bibliothèques de quartier parisiennes. Ce qu'elle ne soupçonna évidemment pas. Elle ne s'étonna donc pas de tant de mansuétude.

« Même de la géographie ! », lança-t-elle de nouveau avec un accent dans lequel l'étonnement n'avait aucun mal à le disputer à une once de fierté. « Pas simple… », ajouta-t-elle, un ton plus bas.

Non, pas simple de dénicher ce livre au titre un tantinet pompeux, qui se morfondait sur une étagère ou y dormait du sommeil profond des ouvrages que personne, pendant des années, ne tire de leur retraite et qui ne tressaillent qu'en sentant sur eux la menace d'un exil nommé « réserve centrale », dernière demeure avant le grand oubli définitif. D'autant moins simple que, là encore, elle n'avait rien demandé. Alors, un samedi après-midi entier pour trouver la section Géographie et avant qu'un mot au dos d'un livre ne retienne son attention. Elle ignorait qu'elle pouvait emporter ce volume chez elle, moyennant quelques formalités d'inscription. Et l'eût-elle su qu'elle ne s'y serait pas décidée : trop compliqué, et surtout trop compromettant quand on ne veut laisser aucune trace, des fois que…

Elle s'était installée à une table, la plus isolée, avait ouvert le livre et y avait littéralement plongé, si plonger veut dire retenir son souffle et entendre son cœur accélérer sa cadence. Et de même qu'elle avait erré entre des rayonnages, de même elle erra entre des pages imprimées, essayant de jeter l'ancre à la rive d'un chapitre, cabotant avec maladresse d'un paragraphe à l'autre, s'ouvrant un chemin incertain dans un océan de mots et s'arrêtant parfois sur une photographie de piètre qualité qu'elle contemplait d'un œil rond comme elle l'eût fait d'un animal étrange, malencontreusement débusqué. Un continent inconnu, impénétrable, gigantesque… Elle en oublia qu'elle savait lire, elle en oublia ce qu'elle cherchait, seuls les battements de son cœur ne se faisaient pas oublier. Tout cela la dépassait, qui était un espoir démesuré, escorté par l'ombre non moins immense d'une éventuelle déception. Une édition plus soignée l'aurait tirée d'affaire en lui fournissant un index des noms, mais l'*Atlas* en était dépourvu ; du reste, elle n'avait jamais entendu parler de cette voie rapide. Quant au hasard, peut-être lassé après ses deux coups d'éclat, il semblait ne plus vouloir l'aider. À moins qu'il ne fallût qu'elle se donnât énormément de peine. Et elle s'en était donné : une heure à fourrager en quête du nom de son hameau. À moins aussi qu'il ne fallût qu'elle soit sur le point de renoncer.

Car elle était bel et bien à deux doigts de se rendre à l'évidence qui lui soufflait non pas qu'elle s'était trompée de livre mais que toute cette histoire de généalogiste, de notaire, de papiers timbrés et de pesante clé s'était jouée d'elle, lorsqu'elle tomba sur une carte géographique d'une partie de l'Orne, dont le tracé lui parut aimablement aéré après la dense et noire uniformité des mots imprimés.

Se reposer, un instant se reposer avant de refermer l'*Atlas* et, avec lui, ce qui n'était plus qu'une illusion, n'avait jamais été qu'une illusion, comme en ce jour très ancien où, après avoir tant attendu pour rien, elle était rentrée chez elle et s'était dévêtue de sa meilleure robe. Au moins, personne n'en avait rien su. Et cette fois encore, personne n'en saurait rien, avait-elle pensé en laissant reposer son regard sur la carte.

Mariette, ne te laisse pas distraire, se dit-elle brusquement, des fois que le conducteur oublie de s'arrêter au premier arrêt ! Parce qu'il y avait toujours eu des « des fois que » dans la réalité de sa vie comme dans ses vaines espérances, elle ne pouvait évidemment pas s'en déshabituer aussi vite.

Elle fut pourtant reprise par une rêverie à laquelle aidaient l'allure poussive d'un autocar et une pluie incessante. La carte lui apparut et, de nouveau, cet autre nom qu'elle ne cherchait pas, inscrit en tout petits caractères mais sur deux lignes à cause de sa longueur, se glissa sous ses yeux avec insistance. Fallait-il attribuer aussi tant de délicatesse au hasard, qui aurait alors compris que sa déception, dont personne, au grand jamais personne ne saurait rien, unique consolation, était tellement écrasante que son cœur, chamboulé d'espoir un instant auparavant, était redevenu silencieux ? En tout cas, le saint au nom bizarre, perdu avec sa Notre-Dame dans un bois, lui faisait signe, quémandait son attention, lui demandait instamment de se rappeler. Mais oui, finit-elle par murmurer, et son sang se figea : mais oui, sur « les papiers », il était dit que La Gonfrière dépendait de ce village. Après avoir replacé l'*Atlas* sur son étagère, elle avait quitté la bibliothèque en toute hâte, couru jusqu'à son immeuble, grimpé six étages sans s'arrêter comme à l'ordinaire au quatrième pour reprendre son souffle.

Pas de doute, vérification faite, La Gonfrière était bien situé sur la commune de Saint-Évroult-Notre-Dame-du-Bois. Et elle ne pensa pas qu'il pouvait s'agir, sur la carte de l'*Atlas*, d'un homonyme, parce qu'un demi-noyé qui voit une main se tendre ne pense pas que cette main est destinée à un autre.

*

Dis-moi, toi qui n'as jamais failli te noyer, que Mariette était peut-être un peu nigaude, mais ensuite passe ton chemin. Mariette n'était pas plus stupide, ignorante ou empotée que la plupart d'entre nous. Simplement, elle avait senti que se jouait là quelque chose de l'ordre du miracle, et moins parce qu'un hasard avait fait d'elle la dernière représentante d'une tortueuse descendance qu'à cause de ce qu'elle devait appeler plus tard la bonté de la vie. Or le miracle requiert le silence de celui qui en est l'objet ou, plus exactement, il le lui impose.

*

En attendant, jamais son chocolat du soir ne lui avait paru aussi délectable que ce samedi-là et, le lundi suivant, jamais elle n'attendit avec plus d'impatience la fin de sa journée de travail. Elle courut au Quartier latin où elle savait une grande librairie dans laquelle elle espérait se procurer non pas un ouvrage sur les monuments et curiosités de l'Orne mais une carte du réseau routier de ce département. Elle l'y trouva, en effet, et sans rien demander à quiconque puisque ce genre d'établissement commercial se fait un devoir de tout indiquer très clairement par des panonceaux à l'intention du chaland. Elle l'y trouva, oui, mais sous la forme d'un épais volume à reliure spiralée dont les pages couvraient la France entière, et dont le prix était à la hauteur du service offert. Elle n'eut pas le loisir d'hésiter très longtemps sur une dépense pour elle somptuaire, la librairie fermait, on la poussait dehors. Elle rentra chez elle avec son achat sous le bras, aussi fatiguée que si elle avait eu dans les jambes une semaine entière de travail. Le chocolat chaud la requinqua un peu. Alors elle ouvrit cet autre atlas des routes et des chemins.

Et lui aussi était là, dans le sac posé entre ses pieds, tandis qu'un autocar allait vers le saint et sa Dame des bois, par une journée pluvieuse de novembre. Là, avec « les papiers », quelques provisions, vêtements et objets emportés, ouvert à la bonne page : celle qui mentionnait, parmi des milliers d'autres, le nom d'un hameau situé, pour ainsi dire, à portée de main d'un saint. La nuit était presque achevée lorsqu'elle repéra enfin, dans tant de pages et parmi d'innombrables villes, villages et hameaux, La Gonfrière. Les larmes lui montèrent aux yeux.

Le reste de l'aventure qui devait la mener jusqu'à cet autocar fut, en comparaison, un jeu d'enfant. Forte de la réalité confirmée de son hameau et parce que assurée qu'elle n'éveillerait aucune curiosité de la part d'un employé de la SNCF, elle se rendit à la gare de l'Est. Laquelle la renvoya, après mention de la ville de L'Aigle dont elle avait vu sur l'atlas routier que partait une ligne de chemin de fer, à la gare Montparnasse. Elle traversa donc tout Paris en métro et patienta derechef dans un bureau d'accueil, si bien que l'après-midi de cet autre samedi y passa aussi. Mais elle revint chez elle en possession d'un billet de train et de la très précieuse information selon laquelle il existait une liaison, par autocar, entre L'Aigle et elle ne savait déjà plus quelle autre ville, avec un arrêt à Saint-Évroult-Notre-Dame-du-Bois. Car elle s'était finalement résolue à mentionner ce village qui lui permettait de passer sous silence le nom de son hameau. Et elle avait obtenu cette information inespérée. Et cette information lui avait été délivrée par une employée qui se moquait éperdument de ce qu'elle allait faire dans ce « trou perdu » et avait pourtant mis un point d'honneur à lui fournir de surcroît, après les avoir dégotés sur son ordinateur, les horaires d'une liaison routière. Ah, ben ça, avait-elle pensé, c'est qu'ils sont sacrément fortiches pour m'avoir adressée à une personne aussi obligeante ! À vrai dire, le compliment visait moins les instances supérieures de la Société nationale des chemins de fer qu'un saint nommé Évroult et sa Dame des bois.

C'était cinq jours plus tôt.

Et il lui semblait qu'il y avait une éternité de cela. Peut-être parce que entre le jour où elle avait reçu le courrier d'un notaire parisien et ce jeudi de novembre, près de six mois avaient passé. Mais peut-être aussi à cause d'une démission toute récente qui avait été jugée scandaleuse et à laquelle elle ne pouvait repenser sans un sentiment d'incrédulité mêlée de honte. Elle en écarta le souvenir. Il appartenait au passé et il serait toujours temps d'y revenir, elle ne voulait pas gâter son voyage. Lequel ne tarda pas à s'achever, pour ce qui était d'un trajet en autocar.

Une longue rue bordée de maisons basses, serrées l'une contre l'autre, et le car disparaissait déjà. Personne n'était descendu avec elle. Il y avait bien un café-tabac un peu plus haut mais elle ne l'aurait pas remarqué sans la carotte qui signalait son existence. Quelques marches, une porte, une fenêtre, rien de plus, ni vitrine ni mouvement ni bruit. La rue était déserte, grise et brune sous la pluie. Elle se hâta, comme si derrière l'une ou l'autre fenêtre voilée de rideaux, un regard observait cette femme encombrée d'un sac de voyage et qui n'était plus une jeunesse, que l'autocar de 12 h 50 venait de laisser sur le trottoir. Au premier carrefour, elle prit à droite, la capuche de son manteau rabattue jusqu'aux yeux.

Ce n'était pas encore la sortie du village, mais ce n'en était plus la rue principale et, dans son sac, l'atlas routier ouvert à la bonne page savait de quoi il causait : la départementale qu'il indiquait portait le même numéro que le panneau routier du carrefour, elle soupira de soulagement.

Laissant derrière elle trois ou quatre pavillons neufs retirés dans la maussaderie de leur jardin détrempé, elle arriva bientôt en vue de la limite, indiquée en toutes lettres, du village. Ah, les voilà, murmura-t-elle, et bien que le saint et sa Notre-Dame fussent barrés de rouge, il lui sembla n'entrer dans leur royaume qu'au-delà de ce panneau marquant la fin d'un bourg dont, il est vrai, elle n'avait quasiment rien vu.

La route, maintenant, sinuait avec insouciance entre la rousseur de haies ruisselantes, et la pluie avivait une puissante odeur d'humus et de feuilles mortes, d'herbe et de bois, de champignons. Mais surtout, en l'absence de tout bruit de moteur et de toute présence humaine, le silence, rendu à lui-même, se déployait, ample et libre ouverture de l'espace, depuis la terre sur laquelle sinuait un étroit ruban de macadam jusqu'au ciel et au lent mouvement de ses nuages, paisible et murmurante respiration à l'unisson d'une journée d'automne qui l'emportait elle aussi dans le grand cycle de la vie.

Elle ralentit le pas. La route montait comme pour s'offrir le plaisir d'une prochaine descente. De part et d'autre, des prés piqués d'arbres, quelques vaches aussi placides que la pluie, des bosquets, la croupe tremblée d'une lointaine colline et pas une maison à la ronde, pas un bâtiment agricole. Elle ralentit puis s'arrêta pour tout considérer à son aise, mais aussi parce que son sac finissait par peser et qu'elle s'était levée tôt. Elle n'était effectivement plus une jeunesse, aurait eu le droit sinon la possibilité de s'arrêter de travailler depuis deux ans et lorsqu'elle repartit, ce fut en murmurant « holà ! holà ! », dans une sorte de chantonnement qui s'adressait aussi bien à un corps qui commençait à fatiguer qu'à la fraîche et riche haleine de ce jour d'automne ou à une route joueuse comme une enfant. Et tandis que celle-ci, parvenue en haut de la côte, l'entraînait sous le couvert d'arbres qui faisaient voûte sur l'étroite chaussée, elle qui avait eu, tout au long de sa vie, le temps d'apprendre qu'un estomac vide ne soutient pas un effort prolongé, se félicita d'avoir mangé dans le train ce qu'elle avait préparé la veille. Combien de kilomètres jusqu'au hameau ? Elle en avait évalué deux ou trois sur l'atlas routier, mais ce devait être plutôt quatre. La route qui courait à présent vers le fond d'un vallon lui dévoila tout à coup, à la faveur d'une brèche dans les arbres, la pointe d'un clocher comme à portée de main ou plutôt d'ailes, à vol d'oiseau. Mais il y eut encore d'autres virages, d'autres contournements de prés bossus, d'autres haies scintillantes, et puis un pont jeté sur l'eau claire d'un ruisseau. Ensuite, la route ravala son exubérance, fila droit le long de la masse ténébreuse d'un bois de sapins plantés trop drus. Le voyage, pourtant, touchait à sa fin. La pluie avait cessé et, peu après, la route se scinda en deux. À ce carrefour, bien en vue au bas d'une nouvelle droite qui fendait des prés pentus, apparurent une église et son clocher de tuile de bois qui ne pouvaient être que ceux de La Gonfrière.

Mariette, ma fille, on dirait que te voilà rendue…

Était-ce l'émotion de toucher au but ou une expression qu'elle n'avait plus entendue ni utilisée depuis son enfance ? Cette femme costaude et d'ordinaire si solidement plantée sur le sol trébucha tout à coup, comme si un petit animal s'était précipité dans ses jambes. Peut-être parce que en plus des mots, il lui avait semblé reconnaître dans sa propre voix l'écho de celle, brève et tranchante, de la seule femme qui aurait pu à bon droit l'appeler « ma fille » et s'était éteinte depuis longtemps. Elle se remit en marche vers un clocher qui semblait à présent la regarder venir à lui. « Lève les pieds, Mariette, lève les pieds ! », s'exhortait-elle à mi-voix, mais aussi, soudain, comme si quelqu'un, à son côté, s'en était agacé : « et puis faudrait que t'en finisses avec cette manie de parler toute seule ! », sans remarquer, tant elle était troublée, qu'elle avait encore pensé à voix haute.

*

Ce fut ce jour-là que je vis Mariette pour la première fois. J'avais quatorze ans et j'étais en vacances. Imaginez : une lycéenne à la campagne pour la Toussaint, pas de liaison Internet et ma meilleure amie restée à Paris, je me morfondais. Et parce que j'avais, faute de mieux et sans conviction, enfourché ma bicyclette quand la pluie s'était arrêtée, je la trouvai, elle, devant la grille du petit cimetière qui entoure la très modeste église de La Gonfrière. Silhouette massive, encapuchonnée et plongée dans la lecture de feuilles de papier, un énorme sac ouvert à ses pieds. Elle cherchait une maison, une rue. Dans ce hameau, il n'y a qu'une rue, et dans cette rue pas plus de cinq maisons. Ce devait être la dernière, tout en haut. Elle bafouilla un merci, repartit. Je la suivis un instant des yeux puis, descendant de mon vélo, je lui emboîtai le pas. Pourquoi ? Je ne sais pas. Elle ne parut pas s'en rendre compte. Plus tard, lorsqu'elle me raconta par bribes, un peu à la manière dont elle parlait toute seule, comment et pourquoi elle était venue ici, elle n'évoqua jamais cette première rencontre.

*

Non, Mariette ne s'était rendu compte de rien. Tout juste si elle avait entraperçu la jeune fille qui l'avait renseignée. Et elle avait encore moins pensé que c'était une sacrée veine de l'avoir croisée. Quelque chose n'allait pas. La rue montait et tout lui pesait : son sac, une respiration de plus en plus oppressée et chacun de ses pas comme lestés de plomb. La fatigue, pour sûr. Mais pas seulement. À présent, elle aurait volontiers fait demi-tour. Qu'était-elle venue chercher dans ce hameau, quelle chimère l'y avait poussée ? Mais les papiers, mais le notaire, mais la clé… Ah, elle aurait presque souhaité que tout cela, qu'elle ne pouvait nier et qui attestait la réalité, ne fût qu'une illusion et cette illusion réduite à néant.

Elle parvint enfin à mi-hauteur de la côte qui rejoignait le plateau depuis le fond du vallon. Au-delà, aucune habitation visible. Dans son dos, une maison à laquelle elle avait, sans s'arrêter, jeté un coup d'œil effaré. À quoi avait-elle eu droit au cours de son existence et en vertu de quoi prétendrait-elle maintenant non seulement à quelque chose mais à quelque chose d'aussi grand, d'aussi beau ? Le souvenir du saint des bois et de sa Notre-Dame l'effleura mais elle n'eut pas le temps de se demander de quelle chimère trompeuse ou stupéfiante réalité relevaient ces deux-là. Soudain, son regard repéra une boîte aux lettres accrochée de guingois sur un battant à claire-voie, lui-même enfoui dans un débordement d'arbustes, démesurément grandis. Alors, comme pour un clocher pointant au-dessus des arbres, elle sut que c'était là, indéniablement, et elle en fut saisie. Toute pensée, toute émotion et jusqu'à la possibilité de marmonner lui furent, à cet instant, retirées.

Avec une étrange précipitation, elle se pencha par-dessus le battant, fit coulisser le loquet, repoussa la maigre porte à claire-voie et, sans même se protéger le visage de son bras replié, elle força quelques rameaux mêlés de ronces, passa de l'autre côté, échappant, échappant, mais à qui, mais pourquoi ?

Ah, des fois que… Elle montrerait « les papiers » et son nom : le même que sur sa carte d'identité. Oui, des fois que… Et elle pourrait aussi toujours dire qu'elle avait été chargée de nettoyer, n'avait-elle pas la clé ?… Et cela qu'elle aurait été incapable de formuler à voix haute ou de penser à voix basse, cela qui la traversait telle une troupe de bruyants fantômes et parlait à sa place, plaidant pour ou peut-être contre elle comme dans les rêves, s'interposa encore durant quelques secondes entre elle et ce qu'il y avait de l'autre côté.

Une herbe haute, un marronnier dont les branches ployaient jusqu'à terre, des buissons, des haies devenues taillis et, sur un côté, le toit d'ardoise gagné par la végétation et les volets fermés d'une maison. Le tout en friche, le tout manifestement abandonné. Et personne, non, personne sur ses talons ou surgi on ne sait d'où pour s'enquérir de ce qu'elle faisait là, lui interdire d'aller plus loin. Même les fantômes durent en convenir. Et ils se retirèrent, sans doute pas très loin mais se retirèrent, cessèrent de s'affoler, de jacasser.

Les maisons longtemps fermées sont sur la défensive comme les chiens abandonnés. Mariette en prit subitement conscience. Ce fut même la première impression parfaitement claire qu'une bouffée de compassion lui inspira, lui rendant la parole par la même occasion : « Eh ben, ma jolie, nous voilà dans un drôle d'état… » Un chien sur la défensive, exactement. Mais trop affamé, trop épuisé, trop acculé pour se rebiffer. La lourde clé tourna dans la serrure sans que celle-ci opposât la moindre résistance.

Froid et obscurité, silence épais et immobilité de cave. Aller à tâtons jusqu'à une fenêtre. Lutter brièvement avec des volets qui crissent sur leurs gonds puis se retourner dans l'irruption d'une lumière qui dévoile sans ménagement l'inhabité, la vie peu à peu retirée, et son souvenir momifié à la manière du petit cadavre intact d'un passereau. Une cuisine. Une cuisine grande comme un mouchoir de poche.

Repassant dans le couloir où, par la porte ouverte, le jour étirait sur le carrelage un frêle rayon de soleil, Mariette entra dans l'autre pièce. Et de nouveau des volets grincèrent, de nouveau la maison se raidit sous la lumière qui la dénudait, la livrait au regard d'une inconnue qui contemplait, éberluée, des murs lambrissés à l'ancienne jusqu'au plafond, un parquet de chêne, le manteau en pierre d'une cheminée minuscule et, au-dessus, un miroir voilé d'une taie de poussière, lui-même surmonté d'une peinture aussi pâle que le visage d'une aïeule. Bref, ses trésors, ou pour mieux dire ce qui faisait, était, son âme et peut-être attendait un signe, redoutait que cet ébahissement ne fût justement le signe d'une déception que la chambre ouvrant sur ce salon n'atténuerait pas, bien au contraire, puisque là-bas, dans la troisième et dernière pièce de mêmes dimensions modestes, le plafond était taché d'une grande auréole marron.

Là, un lit, haut perché sur ses pieds, avec un chevet en bois et un matelas replié sur le sommier, une armoire murale que Mariette n'osa pas ouvrir, une petite table et sa chaise menue pour s'y asseoir, mais aussi une large tache dont la pluie, avec la complicité de deux ou trois ardoises peut-être manquantes, avait marqué le plafond.

« Une maison de poupée, une vraie maison de poupée… », marmonna Mariette en revenant dans le salon, dans le couloir, dans la cuisine et de nouveau dans le couloir puis sur le seuil où elle avait laissé son sac. Était-ce un compliment ?

Le soleil avait fait une timide apparition,

et les feuillages jaunis du jardin, relevant leurs têtes mouillées, flamboyaient dans l'or de novembre, mais Mariette ne leur accorda pas un regard. Elle cherchait un mot, ou plus exactement le mot qui dirait ce qui n'était pas seulement de la perplexité. Jamais dans son enfance ou après, chez ses patrons successifs, sans parler de son propre logement sous les toits à Paris, elle n'avait vu un intérieur aussi… Et le mot finalement déniché, elle le répéta trois ou quatre fois avec un étonnement d'autant plus grand qu'il lui était totalement étranger. Il n'empêche, il qualifiait au plus juste ce qu'elle venait de découvrir et il était particulièrement approprié pour définir la cause de son embarras : devant tant de « délicatesse », elle se faisait l'effet d'une géante.

Et la géante s'assit lourdement sur la pierre du seuil, comme si porter plus longtemps cette somme d'émotions, de surprises et de sentiments contradictoires était au-dessus de ses forces.

Sans doute, les fantômes n'étaient pas loin, mais il était bon d'être assise dans un rayon de soleil. Le regard de Mariette s'attarda sur le grand marronnier puis sur la friche du jardin et, la fatigue aidant, s'y perdit pendant un bon moment.

Elle se secoua lorsque le froid de la pierre lui monta dans les reins. Novembre ne faisant qu'une bouchée des après-midi, il lui fallait au moins s'assurer de passer la nuit un peu commodément puisqu'il était inévitable de rester jusqu'au lendemain.

*

« Alors ça vous a plu tout de suite, ici ? », lui demandai-je, au cours de l'été suivant, lorsqu'elle me permit d'entrer chez elle ou, du moins, ce qui était pour moi chez elle mais ne l'était certainement pas encore à ses yeux, ne le fut peut-être jamais vraiment. « Tout de suite, comme vous y allez ! », répondit-elle avec une nuance moqueuse à l'adresse de ma candeur. Drôle de femme, à qui j'avais confié le soin de distraire mon ennui de lycéenne reléguée à la campagne plusieurs fois dans l'année. Et cette drôle de femme sembla, comme à son habitude, s'adresser davantage à elle-même qu'à moi lorsqu'elle ajouta : « une bataille, au contraire, une bataille, et allez savoir si je l'ai emportée ! » Naturellement, je n'osai pas l'interroger plus avant.

*

La très précoce et noire nuit de novembre trouva Mariette attablée dans la cuisine devant la flamme d'une bougie. Car il y avait une table carrelée de blanc dans cette cuisine, et quatre chaises autour. Il y avait aussi un évier, une cuisinière à bois chapeautée d'une petite hotte en maçonnerie et des placards avec tout ce qu'il fallait dedans, vaisselle, casseroles, ustensiles variés, même si les uns étaient ébréchés ou cabossés et les autres d'un âge avancé.

Jusqu'à la nuit tombée Mariette avait fureté, trouvé un balai et balayé, trouvé un torchon et épousseté, ôté des toiles d'araignée. Et lorsque l'obscurité l'avait rattrapée, elle avait eu la satisfaction de tirer de son sac des allumettes et une bougie ; l'électricité, bien sûr, était coupée, contrairement à l'eau qui coulait toujours sur l'évier en vertu d'un oubli béni — alors satisfaite d'y avoir pensé la veille en préparant son voyage. La bougie avait une jolie flamme, haute et droite, et dans la cuisinière crépitaient des branchettes et une bûche trouvées dans une resserre derrière la maison. Mais quelle autorité avait la flamme d'une bougie ?

Même si les autres que contenait le paquet avaient, avec une prodigalité inconcevable, brûlé toutes en même temps, elles n'auraient pu repousser les fantômes qui s'étaient à leur tour attablés, après avoir patiemment attendu que Mariette cessât de s'agiter.

Ils n'avaient jamais pris de gants avec elle et, cette fois encore, ils n'y allèrent pas par quatre chemins. Était-elle une gamine pour se réjouir de n'avoir pas oublié allumettes et chandelles ! L'absurdité de son équipée en train, en autocar et ensuite à pied ne lui suffisait-elle pas ? Sans même parler de la perte de son travail : du jour au lendemain donner sa démission, laisser tomber une personne qui l'employait depuis deux ans ! En tout cas, ils espéraient que ce qui lui avait paru

« délicat », pour reprendre un mot qui lui ressemblait si peu qu'il en devenait comique dans sa bouche, avouait maintenant sa vraie nature : vieillerie, friche et abandon — ah, le clerc de notaire ne s'était pas trompé ! La seule chose raisonnable aurait été de mettre en vente cette bicoque au plus vite, de la céder, fût-ce pour une bouchée de pain, de s'en débarrasser. Et maintenant qu'elle savait ce que le hasard lui avait réservé, ils attendaient qu'elle filât droit comme la route, là-haut, le long de la sapinière. Du reste, n'était-ce pas ce qu'elle avait toujours fait ? Les rares fois où elle s'était entêtée, la réalité leur avait donné raison et, fallait-il le lui rappeler, l'avait fait plier, plier jusqu'à se rompre, comme le jour où elle avait attendu et espéré, espéré et refusé de se rendre à l'évidence, de sorte qu'en rentrant chez elle et en ôtant sa plus belle robe, c'était toute sa jeunesse qu'elle avait ôtée avec… Eh bien, ma fille, te voilà renseignée ! Car ce n'était pas tout à fait vrai que personne n'en avait rien su. La seule qui pouvait alors l'appeler à bon droit « ma fille » avait compris, et elle n'avait trouvé à lui dire que ces mots-là, les mots de la réalité. Et maintenant aussi, elle était renseignée…

Mariette tenta de se défendre au moins sur un point. Peut-être parce qu'elle avait été aussi honteuse que sidérée des mots qui lui avaient échappé lorsque, après avoir empoché les billets de son salaire mensuel et enfilé son manteau, elle avait déclaré qu'elle ne reviendrait pas le lendemain. Comment ça, vous ne reviendrez pas ?! Mais qu'est-ce qui vous prend, Mariette, ne pas me laisser le temps de trouver une autre femme de ménage, vous perdez la tête ! Près d'une semaine plus tard, les fantômes faisaient toujours chorus, commentaient de nouveau l'incroyable scène, l'accablaient des reproches dont sa patronne scandalisée l'avait avant eux accablée.

Elle protesta à mi-voix : « Et si elle, du jour au lendemain, n'avait plus voulu de moi, est-ce qu'elle m'aurait payée pendant que je cherchais une autre place ? Et s'est-elle jamais souciée de savoir à combien s'élève une pension de retraite qui m'obligera à travailler jusqu'à la fin de mes jours ? Et est-ce que je lui ai reproché une seule fois de m'employer à la sauvette ? » Mais la honte était toujours là, à peine moins cuisante, si bien que les fantômes eurent beau jeu de se montrer conciliants : ce qui est fait est fait, à présent il s'agissait de mettre un terme à une idiotie qui lui avait déjà coûté, outre son emploi, plus d'une centaine d'euros en billets de chemin de fer, d'autocar et achats inconsidérés !

Mariette n'ajouta rien, qu'aurait-elle pu leur opposer ? Mais un instant plus tard elle sortit de son sac une autre bougie, qu'elle alluma à la première et plaça dans la même soucoupe : n'étaient-ils pas deux, celui et celle qui l'avaient menée jusque-là ?

*

Je ne revis Mariette qu'aux vacances de Noël. Quelques jours après notre rencontre devant l'église, j'avais rôdé du côté du jardin où je l'avais vue entrer mais je n'y avais perçu aucun signe de vie. Repartie, elle devait être repartie comme elle était venue. Et dans ce hameau où il ne se passait jamais rien, la nouveauté à laquelle s'était attaché mon ennui avait fait long feu, j'avais oublié. De sorte qu'entre Noël et le jour de l'An, alors que mon père et moi revenions en voiture non pas de Saint-Évroult mais du bourg situé à l'opposé sur le plateau, je ne reconnus pas immédiatement la silhouette massive qui marchait sur le bas-côté de la route. Cette deuxième apparition ne fut pas moins singulière que la première. Comme si elle avait cheminé sur un trottoir citadin et non pas entre des pâturages flétris et des labours hivernaux, Mariette tirait d'une main une poussette de marché. « À pied d'ici au bourg pour le ravitaillement, ou à Saint-Évroult pour l'autocar et inversement, quoi d'autre ? », me dit-elle un jour avec un accent buté, avant d'ajouter de sa façon étrangement indirecte : « C'est que personne ne m'avait encore prêté un vélo… »

*

Le premier hiver de Mariette à La Gonfrière fut passablement difficile. Les fantômes ne désarmaient pas. Il faut dire qu'au cours de ce mois de décembre, elle leur fournit amplement de quoi ergoter. Deux allers et retours, Paris-La Gonfrière, de la manière que l'on sait — mais quoi d'autre, en effet, sinon ces expéditions qu'ils qualifiaient d'insensées ? Un mois de préavis pour sa chambre de bonne dans la capitale — autant dire un mois de loyer perdu, était-elle millionnaire ?! Un déménagement au moyen d'une poussette de marché et d'une valise à roulettes bourrées à craquer — bon sang, quel équipage ! sans compter qu'arrivée à destination avec son barda, elle était tellement fourbue que le lendemain elle avait passé la moitié de la journée au lit, et ensuite au bourg, là-haut, sur le plateau, des démarches à n'en plus finir pour obtenir le rétablissement de l'électricité : ah, ils avaient de quoi nourrir leurs palabres !

Et puis la lente, si lente et inexorable nuit où, eux, les fantômes, se plaisaient plus qu'en tout autre moment à la tourmenter. Mariette n'avait pas grandi à Paris, mais les cinquante années qu'elle y avait passées avaient effacé le souvenir des nuits de décembre et de janvier de son enfance. Or La Gonfrière n'était qu'un hameau, inhabité en hiver.

L'isolement, elle s'en serait accommodée, lui aurait même trouvé des avantages, ne serait-ce que de ne pas sentir, à tort ou à raison, ses faits et gestes épiés depuis une fenêtre voilée d'un rideau. En revanche, la nuit précoce qui engloutissait le jour comme la baleine, Jonas, et la plongeait dans de profondes ténèbres tantôt venteuses, tantôt ruisselantes de pluie, et d'autres fois encore, qui n'étaient pas les moins impressionnantes, figées dans le silence de grandes ailes noires tenant sous leur empire tout le vallon, le plateau et bien au-delà, jusqu'aux premiers réverbères d'on ne sait quelle ville démesurément éloignée, cette nuit-là avait pour elle l'écrasante immensité et l'indifférence de l'océan à l'égard d'une minuscule embarcation perdue en haute mer.

Sitôt avalé un chocolat bouillant, Mariette allumait les deux bougies. Elles seules, et le saint avec sa Notre-Dame auxquels elles étaient associées, réussissaient à maintenir les fantômes à distance, à s'interposer entre elle et l'obscurité environnante, entre elle et la secrète crainte qu'aucun matin ne vînt. Prier ? Non, Mariette ne priait pas. Elle contemplait les hautes et claires flammes au cœur de l'interminable et muette nuit hivernale. Et dans cette vivante présence, la maison elle-même paraissait plus forte, plus solidement campée dans leur solitude commune, presque relevée de son deuil, presque ranimée par les attentions qui lui étaient prodiguées durant la journée. Peu après son arrivée à La Gonfrière, Mariette s'était rendue au cimetière. Contrairement à l'église, le petit clos des sépultures qui l'entourait était ouvert. Elle avait longuement cherché une stèle ou une dalle portant le patronyme et le prénom féminin mentionnés sur « les papiers ». Elle n'avait rien trouvé. Et les fantômes s'étaient emparés de cela aussi. Au mépris de leur credo en la réalité, en l'occurrence certifiée par un acte notarié, ils lui soufflaient qu'un jour la véritable propriétaire réclamerait son bien. Ils choisissaient le moment où, éreintée d'avoir lessivé un mur, ciré un parquet ou accompli une autre besogne d'envergure, elle commençait, perdue dans sa contemplation, à somnoler. « Peut-être, murmurait Mariette, et peut-être aussi que cette femme me remerciera d'avoir pris soin de sa maison pendant son absence. » Il ne leur était que trop facile de rétorquer : allons donc, qui t'a jamais remerciée ! Celle qui t'appelait « ma fille » ne t'a-t-elle pas seriné qu'il n'y a rien à attendre de qui que ce soit et pas grand-chose non plus de la vie ?!

Alors, quand dans l'après-midi du premier de l'an, une voix s'éleva dans le jardin, Mariette se précipita dehors.

Une jeune fille. Une jeune fille avec une bicyclette. Et des joues rouges d'embarras, des explications confuses, débitées à toute vitesse : « La maison un peu au-dessus de l'église... Mais pas avant les vacances de Pâques... Pensé qu'elle pourrait vous être utile... Elle est presque neuve et vous voyez, elle a sa pompe pour regonfler les pneus, et son antivol, avec la clé dessus... Je la laisse où ? Là, à l'entrée du jardin ? Mais si vous pouviez la mettre à l'abri, au cas où vous ne vous en serviriez pas… »

Durant deux semaines, cette jeune personne fournit à Mariette ample matière à réflexion, ou plutôt une fidèle compagnie dès le jour tombé. Et les fantômes, à ce propos du moins, se tenaient cois, ce qui n'était pas la moindre vertu de ce vélo prêté sans qu'elle ait rien eu à demander. Les premières fois, la facilité avec laquelle il la menait au bourg l'émerveilla, et elle ne tarda pas à arrimer une caisse en bois sur le porte-bagage. Elle l'astiqua, cela va sans dire, en ôtait la moindre trace de boue, graissait la chaîne avec un peu d'huile de cuisine, palpait les pneus et le remisait dans la resserre derrière la maison ; l'antivol soigneusement bouclé, sa clé rejoignait l'autre, la grande, suspendue à un ruban. Son prénom, il faudrait au moins lui demander son prénom quand elle reviendrait à Pâques… À cette perspective, un sourire hésitait sur le visage éclairé par la flamme dansante de deux bougies.

À la mi-janvier, le temps se mit brutalement au froid. La cuisinière ronflait du matin au soir et ce qui restait d'une réserve de bois baissait à vue d'œil. À l'aube, des fleurs de glace ourlaient les carreaux de la chambre. Mariette portait sur elle la triple épaisseur des vêtements qui constituaient toute sa garde-robe. Il lui fallut se résoudre à acheter quelques stères de bois, qui entamèrent sa pension mensuelle non moins radicalement que le loyer d'antan. Et deux pleines journées pour rentrer les bûches déchargées à l'extérieur, en bordure du jardin. De soir en soir, l'image remémorée d'une certaine jeune fille devenait plus floue. Pâques semblait hors d'atteinte. Les fantômes retrouvèrent leur aplomb, leur faconde, leur imagination d'augures de désastres et de châtiments. Malgré cela, elle leur offrit bientôt un nouveau motif de se scandaliser.

Était-elle folle, folle à lier ?! Qu'arriverait-il si elle tombait de l'échelle trouvée dans la resserre et dressée contre le pignon de la maison où, entre les deux pentes du toit, un vantail en bois ouvrait sur le grenier ? Et en admettant qu'elle réussisse à y pénétrer, qui lui disait que le plancher de ce grenier, pourri en quelque endroit, ne céderait pas sous son poids ? Elle hésita, évidemment. Renonça à maintes reprises mais s'assura à maintes reprises de la solidité des barreaux de l'échelle, finit par concéder qu'elle abandonnerait au cas où le vantail serait trop solidement bouclé mais finit aussi par acheter une lampe de poche.

Par un après-midi glacé, sans vent et au ciel clair comme il n'y en avait pas eu depuis longtemps, Mariette mit son projet à exécution. L'échelle tremblait du tremblement de ses jambes mais la porta jusqu'en haut. Un bout de fil de fer rouillé, entortillé autour d'un clou, céda sous ses doigts, et la porte libérée de cette attache s'écarta sous une simple poussée.

La nuit s'emparait d'un ciel violacé de froid quand, avec un sentiment de triomphe, elle rentra son butin dans la maison. Et peut-être que ce triomphe comptait davantage que le butin lui-même, aussi inattendues et appréciables qu'aient été ses trouvailles. De lourds rideaux de velours, d'épais draps de lin, des nappes à carreaux ou brodées, quantité de serviettes, de torchons et un édredon. Le tout soigneusement plié et serré dans une malle et des cartons. Plus un tapis. Plus un fauteuil dont elle n'apprendrait jamais qu'il était de la sorte dite « crapaud » et qu'importait : hormis un pied brisé, il était en bon état. Mariette était passablement exaltée.

Ce soir-là, elle alluma pour la première fois une petite flambée dans la cheminée de la pièce qu'elle nommait avec une sorte de révérence le salon. Extravagance. Une de plus ! s'écrièrent ceux que l'on sait, et elle leur rit au nez. L'exaltation qui s'était emparée d'elle au terme de sa virée dans le grenier était encore trop vive pour qu'elle prêtât attention à leurs commentaires dédaigneux sur ce qu'elle y avait trouvé. Trois briques dissimulées par les franges du fauteuil remplacèrent le pied manquant et, dans ce fauteuil, Mariette trônait. La cheminée fumait un peu mais la bûche s'offrait au feu avec de joyeux crépitements. Avait-elle bu pour être aussi sottement contente d'elle-même ?! « Non, et justement, marmonna-t-elle, c'est dommage de n'avoir pas deux doigts de porto à lamper… » Elle dîna, de son habituel chocolat bouillant, devant l'âtre, en compagnie du saint et de sa Notre-Dame. Bien qu'abondamment piqué, le miroir multipliait les flammes, les magnifiait d'un halo doré, et la flambée avivait les murs lambrissés de doux reflets. Cette pièce dans laquelle elle n'avait jamais apporté une chaise pour s'y asseoir était brusquement parée de féerie. Mariette oublia la nuit et sa cohorte de fantômes.

Satisfaite, elle l'était, d'avoir eu l'idée de harnacher d'une corde les ballots de linge puis le fauteuil pour les faire glisser le long de l'échelle, et plus encore d'avoir constaté qu'aucune latte du toit n'était brisée, ni ardoise déplacée, ni partie du plancher pourrie. Oh, les ruses de Sioux, l'extrême prudence déployées pour aller jusqu'au fond du grenier ! Sec, parfaitement sec. Alors, pour ce qui était de la tache au plafond de la chambre, peut-être une voie d'eau ancienne, depuis longtemps colmatée. Son regard quitta l'âtre pour contempler les lambris de chêne soigneusement dépoussiérés, le parquet encaustiqué, la pierre claire de la cheminée abondamment frottée avec une brosse à linge bien sèche et, au sommet du miroir, la peinture à demi effacée, enchâssée dans un médaillon. Et peu à peu sa satisfaction se mua en une immense gratitude à l'égard d'une maison de poupée dont, en effet, elle n'aurait jamais le sentiment, tellement spontané et inébranlable chez ceux qui ont toujours possédé, qu'elle en était la propriétaire. En revanche elle savait que les mots que cette maison lui inspirait ne lui avaient jamais été familiers. Qui, au cours de son existence, lui avait parlé de délicatesse et de beauté, qui ou quoi les avait incarnées, et où et quand leur mystérieuse force agissante aurait-elle pu la subjuguer comme elle l'était ce soir-là ?

Un regret, cependant, un tout petit espoir déçu. Car à la réflexion cet espoir avait eu une part dans son expédition. Mais de même qu'aucune sépulture du cimetière de La Gonfrière ne portait le prénom et le nom mentionnés sur « les papiers », de même le grenier n'avait rien livré d'un peu personnel sur celle qui avait habité là avant elle. Aucune photographie, aucune lettre manuscrite, pas même un bijou de pacotille ou un vêtement, un bibelot, voire un cahier d'écolier semblable à ceux dans lesquels Mariette avait vu, durant son enfance, sa mère consigner méticuleusement la moindre dépense. Restait la maison de poupée, restaient le saint et sa Notre-Dame, restaient une jeune fille et un vélo… Comme si cette histoire était uniquement la leur et la sienne, à elle, Mariette Copiel.

À ce moment-là, elle était loin de se douter qu'un quatrième rejoindrait la conjonction formant les points cardinaux de sa nouvelle existence. Février n'eut rien à envier à janvier. Les rideaux de velours suspendus devant les fenêtres, le tapis déplié sur le carrelage de l'entrée et l'édredon sous lequel se blottir eurent l'occasion de montrer leur utilité. Et puis, un matin, tout le vallon fut blanc de neige.

Sitôt les volets ouverts, le jardin sauta aux yeux de Mariette. La lourde blancheur qui vêtait ses branches nues et recouvrait son herbe gelée semblait tendue dans une même direction : le mince ruban de fumée qui s'élevait d'une cheminée contre le ciel gris. Puis, au fil de la matinée, cette blancheur s'approcha des carreaux, s'invita, répandit à l'intérieur sa lumière mate, toute de silence et d'immobilité. Au cours de la journée, Mariette revint plusieurs fois se poster derrière la fenêtre de la cuisine, au motif de scruter le ciel mais en réalité pour le regarder, lui. Bien que ses arbres, arbustes et haies fussent engoncés dans la neige, presque effacés par elle, le jardin ne lui avait jamais paru aussi présent. Elle ne s'en était guère souciée depuis son arrivée à La Gonfrière. D'autres chats à fouetter, et ce jour-là encore, puisqu'il lui était impossible de se rendre au bourg pour son ravitaillement hebdomadaire.

Le lendemain, la neige fraîchement tombée durant la nuit portait un entrelacs de fines empreintes, précisément dessinées sur la pierre de seuil et sous les fenêtres. Une danse de moineaux. Ou ce qui demeurerait pour Mariette des moineaux jusqu'à ce qu'elle constate qu'il s'agissait de mésanges, de rouges-gorges, de merles et de bien d'autres encore. Mais en attendant, des « moineaux », sortis de nulle part, enhardis par le froid, poussés par la faim, et de nouveau cachés elle ne savait où.

Dans la solitude de ce premier hiver à La Gonfrière, ces traces de pattes sautillantes la remuèrent. Et ce fut moins pour atteindre une rue toujours impraticable à vélo que pour rester dehors et les apercevoir peut-être, les surprendre, qu'elle dégagea un passage de la resserre à la porte à claire-voie. Puis elle acheva de se geler les pieds et de tremper son unique paire de chaussures fermées en descendant jusqu'à la limite inférieure du jardin.

Là, des empreintes plus compactes, plus profondes, qui ne dansaient ni ne s'étaient aventurées très loin d'une haie alourdie de neige. L'animal qui s'était ainsi trahi et avait peut-être, avant de rebrousser chemin, levé la tête en direction de la seule maison habitée du hameau, était-il un renard, un chevreuil ou un chien errant ? Mariette était incapable de le dire. Où, à Paris, aurait-elle pu apprendre à déchiffrer cette écriture-là ? Elle marqua à son tour la neige de signes qui remontaient en ligne droite vers son propre refuge, auprès duquel l'animal en question ne se risquerait sans doute jamais. Les moineaux ne revinrent pas. Le petit tas de pain émietté sur le bord d'une fenêtre était intact lorsqu'elle referma les volets, et elle en fut déçue.

Durant la nuit, elle rêva d'un jardin qui n'était que chants d'oiseaux dans des frondaisons touffues, et silhouettes à pelage dissimulées par une herbe haute. L'étrange ne tenait pas à des chants extraordinairement mélodieux, ni à des animaux qui n'avaient rien d'inquiétant bien qu'invisibles. Il procédait de voix humaines. Dont l'intensité grandissante éclipsait peu à peu le reste. Ces voix péroraient. Sur le même ton d'assurance et de dédain que ses propres fantômes. Mais le plus triste, dans ce rêve, fut de voir apparaître deux bougies allumées en lieu et place de la vision précédente. Et le plus pénible, de vouloir protester que l'âne et le bœuf aussi étaient dans l'étable, et de n'y parvenir qu'avec d'énormes difficultés et fort peu distinctement.

Ce rêve n'avait ni queue ni tête, il la laissa pourtant abattue. À moins que ce ne fût le ciel figé, couleur de cendre du lever au coucher. Ou le silence d'un jardin dans lequel la neige n'était plus que lambeaux. Ou le chat aperçu en fin de journée, alors qu'elle allait prendre une bûche dans la resserre, et qui s'empressa de s'éloigner lorsqu'elle l'appela. Ou le tout mêlé, tel l'épilogue de son rêve.

Pour la première fois depuis qu'elle était à La Gonfrière, Mariette ne trouva, le soir venu, aucun réconfort auprès du saint et de sa Notre-Dame des bois. Mais elle envoya bouler les fantômes dès qu'ils ouvrirent la bouche, et avec tant de colère qu'ils se turent immédiatement.

Du moins la neige avait-elle fondu. Elle pourrait probablement aller au bourg le lendemain… Elle se coucha plus tôt qu'à l'ordinaire. Chercha longtemps le sommeil.

Au cours des jours suivants, une haleine tiède s'empara du vallon, du plateau et, en vingt-quatre heures, mars culbuta l'hiver. Après des semaines d'immobilité et de claustration, tout appelait dehors, et dehors tout ruisselait sous une ondée puis brillait dans un brusque rayon de soleil.

Mariette fit l'acquisition d'une paire de bottes en caoutchouc. Elle fit aussi, indépendamment de son ravitaillement, des virées à vélo sur le plateau d'où elle rentrait fourbue et parfois trempée. Jamais elle n'avait vu, comme sur ce plateau offert aux caprices de mars, un ciel plus immensément libre de toute attache terrestre. À peine effleuré par la pointe d'un lointain clocher ou par une sombre lisière forestière, il s'enlevait si haut et avec une telle ampleur qu'il repoussait la terre hors du champ visuel. D'immenses nuages s'y ruaient en une course éperdue, entrecoupée de trouées d'où jaillissaient tour à tour d'éclatants faisceaux de lumière et une averse. Mariette, que le moindre regard sur elle contraignait jusqu'à la gaucherie, quand elle était au bourg, éprouvait sous ce ciel mouvementé et au milieu de labours sur lesquels pointaient de minuscules pousses vertes une sorte d'ivresse, de délivrance, de jubilation, âpre comme une revanche, mystérieuse comme une promesse.

Elle finit par prendre froid, dut garder le lit pendant plusieurs jours, s'abreuva de tisanes, avala force aspirine mais ne regretta rien de ce que ses fantômes auraient certainement qualifié de stupides gamineries si, contre toute attente, ils n'étaient restés muets. Peut-être parce qu'elle était trop affaiblie pour les entendre. Et peut-être aussi parce qu'ils avaient affaire, avec la venue du printemps, à plus fort qu'eux. Mariette, cependant, les connaissait trop intimement et depuis trop longtemps pour s'illusionner : une bataille, une autre bataille remportée, ma mère, mais grâce à un allié puissant, et qui sait combien de temps ils se tiendront tranquilles ? se demandait-elle, en grelottant de fièvre sous l'édredon.

Lorsqu'elle se releva, le plateau et ses chevauchées de nuages ne la tentaient plus. Non qu'elle fût devenue raisonnable, selon une injonction à laquelle elle s'était conformée durant toute sa vie avant d'arriver à La Gonfrière. Mars s'était emparé de la friche du jardin, et cette friche rien moins que raisonnable la réclamait, l'accapara.

Il y eut d'abord, sur l'autre pignon de la maison, la taille d'un chèvrefeuille qui avait pris appui sur un arbuste et la descente de la gouttière pour s'élancer sur le toit. L'échelle ne tremblait plus sous les pieds de Mariette, mais la resserre ne lui ayant offert que quelques outils au tranchant émoussé, l'opération avança lentement. L'énorme masse, déjà gonflée de sève, dissimulait un inextricable amas de tiges sèches, et c'était comme d'ôter d'innombrables dépouilles sur lesquelles le chèvrefeuille s'était hissé. Là-dessous, le petit arbre fruitier, autrefois palissé contre le mur, avait depuis longtemps succombé. Dans sa ramure morte, Mariette découvrit une branche torse, encore étroitement enlacée par la tige qui l'avait déformée avec férocité. Mais là-dessous elle découvrit aussi un nid qui serait peut-être de nouveau occupé. Puis vint le tour du jardin proprement dit, qu'elle explora longuement avant d'y entreprendre quoi que ce soit, impressionnée par son labyrinthe insoupçonné, soudain affranchi de l'avarice de l'hiver.

Devant la maison, l'herbe se redressait de jour en jour et, rivalisant de vitesse avec elle, de minces tiges en émergeaient ici et là en touffes serrées. Cet espace ouvert butait contre l'immense marronnier qu'escortait un châtaignier à l'allure de vieillard. L'imposante ramure érigée du premier contrastait avec celle, anguleuse et basse, du second, verdi de mousse, gris de lichens. Marronnier et châtaignier avaient certainement été plantés, et à bonne distance pour ne pas se gêner. En revanche, derrière eux, des aulnes et des noisetiers s'étaient invités auprès d'un prunier et de quelques pommiers. Cette partie du jardin, doucement bossuée, n'était que coins et recoins, îlots de lumière investis par les longues tiges nues des rosiers ou sombres replis tapissés de lierre. Là aussi, l'herbe était drue, et tout aussi vigoureuse une armée de jeunes orties, tandis qu'une imposante corbeille d'hortensias dardait d'énormes bourgeons sous les têtes bistrées et les feuillages flétris de l'an passé. D'un bout à l'autre, entre des haies de lilas et de seringas colonisés par les ronces, le jardin s'ébrouait, buvait à longs traits une ondée, se chauffait au soleil et s'impatientait.

Du matin au soir, Mariette, courbée en

deux sur une binette, désherbait, ou bien coupait, taillait, délivrait le vivant du mort, et gardait du second ce sans quoi le premier ne pouvait vivre. Le marronnier fut le premier à déplier ses feuilles, mâchurées par cette naissance hâtive, fripées comme une peau de nouveau-né. Les jours rallongeaient et les journées n'étaient pourtant pas assez longues pour contenter cette frénésie de sève. Alors qu'elle-même dormait à poings fermés, les bourgeons mettaient à profit la nuit pour se dilater, s'entrouvrir, éclater.

Mariette n'allait plus au ravitaillement que contrainte et forcée par le dernier carton de lait vide, la dernière poignée de nouilles jetées la veille dans une casserole d'eau bouillante. Et le plateau, là-haut, avec son vaste ciel et ses champs de blé maintenant en herbe, obtenait d'elle une attention aussi distraite que la vitrine de la boulangerie, au bourg, avec ses œufs de Pâques et ses lapins en chocolat.

Mais lorsque les pommiers et le prunier du jardin fleurirent au cours des premiers jours d'avril, elle en fut éblouie comme elle avait été subjuguée par la flamme de deux bougies tenant la nuit en respect. Alors le chat, auquel le printemps avait rendu ses habitudes, dont celle de se glisser dans ce jardin aux alentours de midi, surprit à plusieurs reprises une femme assise sur une chaise, apportée tout exprès, devant des arbres en fleurs.

*

Pâques, je me le rappelle parfaitement, tombait tard cette année-là. Et je ne m'en souviens si bien que parce que les choses, chez nous, commencèrent sérieusement à tourner au vinaigre à l'occasion de ces vacances pascales. La querelle couvait depuis longtemps et elle éclata au matin. Mon père, au dernier moment, refusa de partir pour La Gonfrière. Et peut-être que je n'avais pas envie de rester avec lui à Paris, d'où je savais ma meilleure amie partie. La perspective d'une semaine à la campagne avec sa seconde femme ne me tentait pas davantage. Mais la voiture était déjà chargée et moi assise à l'arrière. Mon père récupéra son ordinateur dans le coffre, me lança un regard interrogateur et ma belle-mère démarra. Un peu plus tard, dans une station-service, je passai sur le siège avant. Deux heures de route sans un mot. Ensuite, sitôt arrivées et donné le coup de main pour rentrer les bagages, je m'éclipsai. Mais aller où ? Mes pas me portèrent chez Mariette. J'avais le prétexte de la bicyclette et ce n'était vraiment qu'un prétexte, je n'étais pas d'humeur à faire un tour à vélo. Un peu de curiosité peut-être, et certainement plus troublée que je ne voulais l'admettre. À première vue, en tout cas depuis la rue, rien n'avait changé dans le jardin de celle que je n'appelais pas encore Mariette. La porte à claire-voie était toujours enfouie dans la même haie hirsute. Je la poussai et m'avançai vers la maison. Les fenêtres en étaient ouvertes. Je lançai un « Y'a quelqu'un ?! » qui résonna bien haut. Dans l'herbe, une sente, imprimée par des allées et venues, menait au seuil de la maison puis la contournait. Une autre de même nature allait vers un marronnier et un châtaignier, passait entre les deux et se perdait, les branches déjà abondamment feuillues du marronnier descendant jusqu'à terre et faisant écran. Quelques pas supplémentaires et, les mains en porte-voix, je renouvelai mon appel. Attendis de nouveau. Personne ne répondit ni ne se montra. Et brusquement je décrétai que c'était aussi bien. Je n'étais pas non plus d'humeur à parler avec qui que ce soit. Je reviendrais plus tard, ou le lendemain, ou peut-être jamais !

*

Au premier appel, Mariette avait sursauté, s'était redressée et lentement retournée. Elle était dans le bas du jardin. Suante et échevelée, elle luttait avec des orties. Cette voix qu'elle reconnut aussitôt l'effara.

La jeune fille à la bicyclette, revenue…

Il y avait, lui sembla-t-il, si longtemps. De l'autre côté de l'hiver, autant dire de l'autre côté d'un océan. Et soudain elle chercha des yeux où elle pourrait fuir, se cacher. Mais c'était inutile. En admettant qu'elle ait le temps de battre en retraite, le jardin n'était pas suffisamment vaste pour la dissimuler si on voulait vraiment l'y trouver. La voix s'éleva de nouveau, et dans l'acuité exacerbée de tous ses sens, Mariette devina qu'elle provenait du même endroit et que la jeune fille ne s'était pas risquée plus loin que l'abord immédiat de la maison.

Un océan, oui, et sur cet océan un pont brutalement jeté, avec à l'autre bout et se ruant vers elle quantité de visages, quantité de gens, et des vitrines, des immeubles, des autobus, les escaliers du métro, la sirène d'une voiture de police, le fracas de la circulation aux heures de pointe et ses journées de femme de ménage, ses six étages péniblement gravis, sa chambre sous les toits et ses pauvres objets usés… Mariette, ma fille, j'espère que tu ne comptes pas te présenter dans cet accoutrement !

Vrai, avec ses bottes en caoutchouc crottées, son pantalon déchiré aux genoux, son pull-over informe, ses mains de terrassier et une balafre à la joue, elle devait avoir l'allure d'un épouvantail ou d'une clocharde. Car il y avait cela aussi, dont autrefois elle s'était préoccupée dans le but non pas de paraître à son avantage — quel avantage avait-elle jamais tiré de sa personne, y compris dans sa jeunesse ? — mais de passer inaperçue, et dont elle ne se souciait plus depuis des mois. Elle resta, un bon moment, plantée là, tandis que l'effarant tumulte refluait.

Enfin, elle remonta vers la maison. Ferma porte et fenêtres, ôta sa défroque de jardin et se précipita sur l'évier, s'y débarbouilla, se peigna puis enfila ses meilleurs vêtements. Une jupe et un tricot couleur de muraille. Passablement avachis et néanmoins la contraignant parce qu'il s'agissait avant tout de les préserver. Ensuite, elle rouvrit la porte, les fenêtres. Rangea une chambre dans laquelle il y avait bien peu de désordre, repassa dans la cuisine, tisonna les braises du fourneau, rajouta du bois et vérifia que le lait n'avait pas tourné, qu'il restait du chocolat en poudre, peut-être en accepterait-elle une tasse… Se souvint brusquement de la bicyclette, sur laquelle elle alla donner un coup de chiffon, puis s'assit dans le fauteuil, près de la cheminée, après avoir vérifié que les franges masquaient parfaitement les briques empilées. Mais un instant plus tard, elle apportait de la chambre la chaise menue et, comme il se doit, la plaça en face du fauteuil, pour la conversation... Le soleil entrait par la fenêtre ouverte, le parquet luisait, les hauts lambris de chêne avaient la douceur d'un miel brun, et Mariette attendait une visite... Car la jeune personne ne tarderait pas, n'est-ce pas ? maintenant que tout était prêt. Jamais la maison ne lui avait paru plus aimable, plus précieuse — un mot, ce dernier, qui lui résista longtemps et lui inspira, une fois conquis, un rire timide. Et elle-même, bien que n'ayant jamais sacrifié à la moindre coquetterie, avait tiré d'un échantillon de cosmétique récupéré elle ne savait plus où ni quand une once de fard plâtreux, supposé maquiller l'estafilade sur sa joue laissée par une ronce. Puis de nouveau déambuler d'une pièce à l'autre, s'arrêter sur le seuil, guetter, attendre et ne douter à aucun moment, comme si les désillusions d'autrefois, plus cuisantes que l'ortie, plus acérées que la ronce, n'avaient jamais existé.

Le soleil se retira, glissa sur la façade, tourna l'angle de la maison. Ce n'était pas encore le soir mais le mitan de l'après-midi était amplement franchi, bientôt il faudrait fermer les fenêtres. Et Mariette était attablée dans la cuisine en compagnie non pas de la jeune personne espérée mais des fantômes de toute une vie.

*

Je ne revins chez Mariette qu'au bout de l'après-midi. Que j'avais passée sur mon lit à me boucher les oreilles pour ne pas entendre ma belle-mère argumenter, en bas, au téléphone. Soudain je n'avais plus supporté ces discussions houleuses dont ne me parvenait que sa rancœur à elle, entrecoupée de longs silences. Elle m'ennuyait, ils m'ennuyaient, j'étouffais, je partis. Mariette me parut bizarre mais je me rendais bien compte que je l'étais moi-même. Elle avait surgi de la maison dès que j'avais appelé et ne m'avait pas invitée à entrer. Nous étions toutes les deux terriblement gênées, comme lourdes de choses que nous ne savions pas où déposer. Après quelques mots à propos de ma bicyclette, elle m'assurant qu'elle comprendrait très bien et moi lui assurant que je n'en avais pas besoin, nous ne trouvâmes plus rien à nous dire. Je n'arrivais pourtant pas à la quitter. Pour aller où, pour retrouver qui ? Dans l'ombre grandissante, tournées vers un marronnier dont le faîte s'empourprait dans le crépuscule, nous nous tenions côte à côte sur la passerelle d'un navire qui avait, à notre insu, largué les amarres et entamé un voyage qui durerait plusieurs années, dure toujours, en réalité, même si Mariette n'est plus là pour le partager. Mariette m'a transmis son goût immodéré, presque enfantin dans son admiration invétérée, pour les arbres, les fleurs, tout ce qui fait un jardin et y vit, mais j'avoue qu'en ces jours où se nouait notre amitié, c'était elle et non pas son jardin qui m'attirait, m'intriguait. Dès cette semaine de vacances, commencèrent mes larcins.

*

Et cette semaine fut pour Mariette tellement surprenante qu'une fois écoulée, et la jeune personne repartie, elle ne savait plus très bien où elle en était ni ce qu'elle devait penser.

Heureusement le jardin ne s'encombrait pas de pensées et encore moins d'hésitations. Chaque matin, il s'éveillait aux sonores roulades des merles, avec un invincible appétit de conquête. Les pluies, il en gorgeait toutes ses racines, le vent d'ouest, il en gonflait ses frondaisons comme des voiles de vaquelotte, et le froid qui le reprit pendant quelques jours à la mi-avril décupla ses forces au lieu de les freiner. Quant à ses émotions, en admettant qu'un jardin en ait, elles avaient peut-être l'écarlate du rhododendron subitement éclos dans l'ombre d'un noisetier.

En tout cas, il entraînait Mariette dans sa foulée. Ou plus exactement elle courait sur ses pas pour cantonner au mieux l'expansion des orties, des chardons, d'un carré de framboisiers, ôter le chiendent ressurgi au pied des rosiers et des hortensias, enlever le bois mort dans la ramure des arbres fruitiers ou d'un châtaignier dont le grand âge, prudemment, retrouvait une enfance de feuilles nouvelles.

Devant la maison, l'herbe, à présent, dissimulait les étroits passages où elle prenait soin de remettre ses pas et, au-dessus de cette prairie, le marronnier ouvrait ses candélabres roses dans le vert sombre de son feuillage. D'une haie à l'autre, lilas et seringas en fleurs embaumaient, et leurs lourdes senteurs portées par un souffle de vent étaient soudain fouettées par le parfum poivré d'une touffe de menthe piétinée par mégarde. Oh, du matin au soir, il y avait de quoi s'occuper, de quoi oublier !

Et c'était étrange de vouloir oublier cette semaine de Pâques et de ne pas y parvenir, d'y être sans cesse ramenée par la course d'un printemps qui s'en éloignait. Peut-être parce que le jardin était aussi prodigue en surprises que l'avaient été les quelques journées passées en compagnie d'une jeune personne prénommée Louise.

Car elle était revenue après le premier soir, et restée de plus en plus longtemps, la suivant et la regardant faire. Mariette avait bien senti sur elle des regards qui la considéraient avec curiosité et, quelquefois, ne se détournaient pas assez vite quand elle-même levait la tête. La jeune fille, alors, lui souriait et proposait de l'aider, mais en réalité, après s'être accroupie et avoir arraché quelques mauvaises herbes, elle devenait de plus en plus pensive. Un après-midi, elle avait tiré de dessous sa veste de laine une paire de gants à peine salis, à peine déformés, ainsi qu'un sécateur flambant neuf et les lui avait offerts. À la question de savoir s'ils ne manqueraient pas, là d'où ils venaient, il avait été répondu avec une désinvolture feinte que l'on ne s'apercevrait même pas de leur disparition ! Cet après-midi-là, Louise était partie à l'assaut d'un écheveau de longs sarments épineux dont une imposante ronce étouffait un arbuste malingre. Mariette la surveillait du coin de l'œil, étonnée de son entêtement, inquiète de sa sourde violence. Qu'elle n'aille pas se blesser ! qu'elle fasse bien attention d'adosser l'échelle au plus résistant de la haie ! Et chaque fois il lui était répondu que c'était un plaisir, avec ce sécateur neuf, et que l'arbuste naufragé serait bientôt tiré d'affaire. Il l'avait été. Mais il devait garder longtemps, en avant de la haie, son allure chétive, apeurée de rescapé. Mariette n'apprendrait son nom et ne découvrirait ses talents qu'au cours de l'été suivant. En attendant, le dernier jour des vacances de Louise avait achevé de la désarçonner.

Non seulement la jeune fille était venue la retrouver plus tôt que les jours précédents mais elle poussait devant elle une tondeuse à gazon et déclara, avec un large sourire, l'avoir subtilisée. « Comment ça, subtilisée ?! Empruntée, vous voulez dire ? Et à qui ? » Louise s'était aussitôt rembrunie et, éludant, avait montré d'un ample geste de la main l'herbe à couper. Mariette, c'est certain, était dépassée. Elle avait fini par accepter à la condition que la tondeuse fût restituée le soir même à ses propriétaires. « Parce que vous croyez, avait lancé Louise, dépitée, qu'ils se rendront compte qu'elle n'est plus dans le garage, occupés comme ils sont à se disputer ! » La prairie avait été épargnée, Mariette arguant qu'il y poussait certaines choses dont elle voulait voir à quoi elles ressembleraient quand elles seraient fleuries. Mais derrière le marronnier et le châtaignier, la tondeuse, pétaradant et ahanant, était venue à bout de l'herbe après plusieurs heures d'effort. Et elles en étaient là, Louise contemplant avec orgueil son ouvrage et le regard de Mariette allant d'une jeune personne dont elle ne savait rien et qui lui était pourtant en cet instant étonnamment proche, à un jardin dont elle connaissait le moindre recoin et qui lui paraissait tout autre avec son herbe rase, quand une voix venue de la rue les fit tressaillir toutes les deux.

Sûr, il n'était pas facile d'oublier cette semaine de Pâques. Mais il n'était pas facile non plus de comprendre pourquoi elle-même était demeurée aussi immobile que Louise, alors qu'à l'extérieur du jardin une voix d'homme criait le prénom de la jeune fille. Au bout d'un petit moment, l'homme avait renoncé, en tout cas s'était tu, vraisemblablement éloigné. Et elles avaient attendu encore un peu, partageant un même silence, une même complicité, mais aussi la conscience soudaine du soir qui venait, la crainte pudique d'inévitables adieux. « Merci, avait chuchoté Louise, je ne veux pas que mon père sache que je viens chez vous, je ne veux pas qu'il sache où me trouver. Nous nous reverrons en juillet, n'est-ce pas ? Est-ce que je peux vous appeler Mariette ? » Et la tondeuse était restée dans le jardin, les gants et le sécateur offerts avaient été oubliés sur le rebord d'une fenêtre. Qui lui avait jamais demandé la permission de l'appeler Mariette ? Une de ses premières patronnes avait même estropié son prénom pendant des années.

Et puis la crue printanière s'était non pas réduite mais apaisée dans le lit plus vaste du mois de mai. Les arbres fruitiers se couvraient de petites pommes d'un vert acide, de minuscules prunes dures comme la pierre. Le châtaignier avait fini de coiffer son tronc déformé d'un plat chapeau de feuilles clairsemées. Le marronnier avait doublé de volume, maintenant que l'on ne voyait plus rien de sa ramure, et éteignait un à un ses candélabres roses.

Il y avait, au plus haut des après-midi, comme une paresse après l'énorme insurrection menée à son terme, mais aussi l'assurance du chemin ouvert, du chemin à suivre, et la volonté bienheureuse de le parcourir dans un élan qui était loin d'être épuisé. Et il y eut bientôt la floraison des rosiers les plus précoces, et celle, insoupçonnée, de plusieurs pieds de pivoines qui avaient dardé, au secret de l'herbe, des pousses charnues d'un rouge sombre, puis déplié le vert de leurs tiges, étagé leurs feuilles en bordure de cette même herbe coupée par Louise, et ouvert enfin les opulents ruchés de leurs têtes blanches, aux innombrables pétales dissimulant un cœur d'étamines safran.

Mariette cueillit avec précaution une tige fleurie, l'emporta dans la maison, fit d'une bouteille un vase, qu'elle posa sur la cheminée. En action de grâces à la jeune personne, au jardin, à la maison de poupée…

Le souvenir du saint des bois et de sa Notre-Dame auxquels, après un rêve d'une véhémente tristesse, elle n'avait plus accordé une pensée lui traversa alors l'esprit. Mais le chemin ouvert vers l'été, la promesse de retrouvailles avec Louise et un coquelicot suffirent à les éclipser.

Non pas un coquelicot, en réalité, mais ce qui semblait un champ entier de coquelicots. Un matin, dans l'herbe haute préservée entre la maison et le marronnier, commença à éclore une splendeur du rouge le plus vif, du rose le plus tendre. Les seconds fanaient en quelques heures mais ils étaient les plus prolifiques, vague après vague d'un jaillissement continu de frêles pétales. Tous avaient une légèreté incomparable. Tous s'entendaient à danser dans l'herbe sous le moindre souffle de vent. Et leur balancement ténu dilatait un espace qui n'avait certes pas les dimensions d'une prairie mais en avait l'insouciance, les frémissements et la face rieuse tournée vers le ciel.

Aux derniers jours de mai, le jardin célébrait la plus éphémère, la plus champêtre, la plus modeste des floraisons : quatre pétales rouge feu, noués à une mince tige par une mouche de velours noir, et qui, une fois tombés, découvraient une petite capsule finement côtelée, pour l'heure hermétiquement close, semblable à celle du pavot.

Mariette ne pouvait se rassasier du spectacle qu'ils donnaient. Et s'il lui arrivait de regretter que Louise ne fût pas là pour voir ce champ de coquelicots, Pâques, à présent, était derrière elle, derrière eux, et elle avec eux plus proche que jamais d'un été vers lequel s'avançaient de vastes, très vastes journées.

Le temps des conquêtes avait passé. La lumière n'avait plus à gagner sur l'obscurité et encore moins à en triompher. Les longues soirées de juin semblaient au contraire courtiser la nuit à laquelle elles offraient la senteur sucrée et insistante d'un chèvrefeuille, et les petits matins la laissaient fuir dans une gloire de pourpre humide, sans se donner la peine de la poursuivre. Mariette se réveillait à l'aube. Non que le temps lui manquât pour ce qu'elle voulait accomplir avant l'arrivée de Louise mais parce que depuis peu, deux journées d'une nature étrangement contraire commençaient et s'achevaient de part et d'autre d'une sieste.

Inutile de dire que faire la sieste n'avait jamais été dans ses habitudes. La première fois que le sommeil l'avait surprise à la table du déjeuner, elle en était restée honteuse et s'était précipitée dans le jardin comme si elle lui avait fait irréparablement défaut. Or, aux premières heures de l'après-midi, le jardin aussi, maintenant, sommeillait. Les oiseaux se taisaient ; les coquelicots, disparus, n'animaient plus l'herbe haute ; le vent effeuillait avec la nonchalance d'un soupir une rose largement épanouie.

Mariette n'aimait pas beaucoup ces moments-là. Trop silencieux, trop oisifs, trop propices aux songes, jusqu'à seize heures au moins. Les matins, en revanche, gardaient leur force vive, leur vouloir inaltéré, et la voyaient sarcler le pied des arbres fruitiers, couper des tiges de noisetier pour en tuteurer les hautes hampes des lys, ôter les fleurs fanées d'un bouquet de giroflées ou flatter d'un petit geste de la main, en écrasant au passage quelques pucerons, des boutons de rose encore étroitement corsetés dans leurs sépales.

Qui, de la sève ou de son sang à elle, s'engourdissait en premier ? À mesure que le soleil approchait de son zénith, le jardin tendait vers le ciel la masse de plus en plus sombre de ses feuillages, se repliait sur ses creux d'ombre et de lierre, réservait aux seuls rosiers les îlots d'éclatante lumière. Le soleil aveuglait, et Mariette rentrait, se laissait tomber sur une chaise dans la cuisine puis, préparant et avalant en quelques gestes lents son déjeuner, somnolait déjà.

Venait alors le temps des songes. Non pas ceux qui pénètrent comme par effraction, la nuit, dans un sommeil à poings fermés, et sous lesquels ces mêmes poings tantôt se crispent, tantôt s'ouvrent pour les laisser filer comme du sable et n'en rien retenir, mais les songes très flous, presque transparents, qui visitent les siestes et leur survivent en vagues pensées, en mouvements hésitants. Il aurait fallu, une dernière fois, battre le tapis dehors, et une dernière fois décrocher des fenêtres les lourds rideaux de velours pour leur faire prendre l'air sur le fil à linge. Mais ces tâches réclamaient une résolution que Mariette n'avait pas, et elles étaient reportées au lendemain, au lendemain matin.

Après avoir lorgné du côté d'un jardin pris dans un engourdissement égal au sien, abîmé dans ses propres songes, elle s'attelait à un ouvrage abandonné à la fin de l'hiver et repris depuis quelques jours, dans les mêmes circonstances et pour les mêmes raisons. Il ne nécessitait que patience et minutie, progressait d'un pas aussi menu que l'après-midi, mais n'en avançait pas moins et occupait les mains.

Mariette ourlait une des nappes trouvées dans le grenier. Sa préférée. En tout cas celle qui lui paraissait, par ses dimensions et son motif à carreaux bleus, convenir le mieux à la table de la cuisine, celle aussi qui avait été probablement le plus blanchie, au vu de la finesse de son coton, du moelleux de son toucher, de ses bords effilochés. Et, en fin de compte, malgré des doigts un peu gourds, un peu malhabiles après des semaines consacrées au jardin, ce n'était pas désagréable d'être ramenée ainsi à la maison, à la maison de poupée. Sous une torpeur qui n'était qu'apparente, ces heures lentes, pénétrées du savoir des saisons, tissaient les prochaines moissons, mûrissaient les futures récoltes.

Bientôt Mariette imagina un goûter, voire un déjeuner à cette table, sur cette nappe, en compagnie de Louise, et laissa venir à elle, point après point, aiguillée de fil après aiguillée de fil, d'autres songes aimables qui puisaient au souvenir d'une lointaine semaine de Pâques. Puis ces songes appelèrent à leur tour des souvenirs beaucoup plus anciens, si anciens, en réalité, que Mariette n'aurait jamais cru les avoir gardés.

Peu nombreux, enfouis sous une existence d'adulte qui les avait arasés, et aussi déconcertants dans leur entêtement à lui échapper que dans leur insistance, jour après jour, à errer autour d'elle. Jusqu'à leur brusque dévoilement — des pommes rouges dans un compotier, une autre table et une autre nappe, un rectangle de soleil sur un linoléum, des pieds en chaussons dans l'ombre — et la brève satisfaction de les avoir saisis, et le trouble dans lequel ils la plongeaient. Car ces images inopinées étaient aussi précises que le chat qu'elle surprit, un après-midi, assis sur le rebord de la fenêtre ouverte, tourné dans sa direction, tout occupé, et depuis combien de temps ? à la contempler tirant l'aiguille, mais qui s'enfuit dès qu'elle leva la tête, de sorte qu'elle aurait certainement douté de sa réalité si elle ne l'avait vu, de ses yeux vu rejoindre le marronnier en quelques bonds dans l'herbe haute et disparaître.

Ah, cet après-midi-là, Mariette en avait eu assez des songes — du reste le soleil s'était retiré de la fenêtre de la cuisine, de la porte de la maison, il devait être seize heures passées et son ravitaillement hebdomadaire la réclamait au bourg. Mais le lendemain, après la sieste, elle leur était revenue.

L'ouvrage n'était pas terminé, et les jours maintenant étaient comptés si elle voulait que cette nappe fût prête. De temps en temps, elle levait les yeux, mais seul l'immense marronnier, au feuillage presque bleu dans le vert bronze de ses feuilles et l'éclat d'un après-midi de juin, occupait le cadre de la fenêtre. Et peu à peu la régularité de l'aiguille et le silence de l'heure, sur lequel s'élevait le lancinant roucoulement d'une tourterelle, la renvoyèrent à une autre nappe peut-être semblable, à des pommes dans un compotier et, finalement, au fond de ce songe qui se dérobait depuis des jours, à une silhouette assise comme elle-même l'était en cet instant, et comme elle penchée, absorbée par un travail de couture. Et aucun chat, alors, n'aurait pu distraire son attention d'une femme qui chantonnait, reprenait et reprenait encore le même air, un peu languissant de n'être pas tout à fait conscient, tandis qu'une enfant, à peine plus haute que la table, retenait son souffle, écoutait de tout son être, se perdait en ravissement, puis sentait monter en elle le désir de bondir sur les genoux et entre les bras de celle qui cousait. Et savait qu'elle briserait ainsi l'enchantement, et ne pouvait cependant réfréner ce désir de plus en plus impérieux, presque douloureux dans son élan réprimé, de boire à même les lèvres murmurantes l'étonnante et poignante douceur inaccessible. Au plus fort d'une tension qui la faisait se dandiner d'un pied sur l'autre, l'enfant s'accroupit soudain sur le linoléum, se glissa entre les pieds de la table et se recroquevilla dans la pénombre d'une grande nappe à carreaux bleu et blanc. « Mariette, ma fille, qu'est-ce qui te prend, vas-tu sortir de là-dessous ?! »

*

L'année scolaire achevée, nous partîmes pour La Gonfrière, où nous arrivâmes à la nuit tombée, le premier samedi de juillet. Et dès le lendemain matin les ennuis commencèrent. Mon père ne trouva pas la tondeuse dans le garage. Je gardai le silence jusqu'au déjeuner mais lorsqu'il fut question de cambriolage et de gendarmerie, j'avouai que je l'avais prêtée. Stupéfaction. Avalanche de qui, de quand, de pourquoi, je dus m'expliquer. Ce que je fis de la manière la plus évasive, mais apparemment, comme je m'en apercevrais bientôt, j'en avais encore trop dit. Il me fut demandé de rapporter la tondeuse séance tenante. Je partis chez Mariette en espérant qu'elle l'avait utilisée la veille ou l'avant-veille, ce qui nous permettrait d'attendre un peu avant de « l'emprunter » à nouveau, et en espérant aussi qu'elle avait pensé à remplir le réservoir. Comment aurais-je pu deviner que pendant tout ce temps elle n'y avait pas touché, et surtout que la raison qu'elle invoqua en cachait une autre ?

*

C'était assurément le moins crédible des faux-fuyants mais Mariette, prise de court, n'avait pas trouvé mieux. Ne pas savoir se servir d'une tondeuse à gazon ! Elle-même entendit l'énormité de ce prétexte en l'énonçant, et elle s'étonna de ce que Louise le gobât. Sans doute parce qu'elle était pressée, repartait déjà avec une tondeuse dont le réservoir était à moitié plein pour la bonne et simple raison qu'elle était effectivement restée dans la resserre depuis Pâques. « C'est qu'il y a le feu au lac ! lui lança Louise avec légèreté, mon père se fait un devoir, dès qu'il arrive ici, de tondre notre carré de pelouse ! »

La maison, le jardin, une nappe à carreaux soigneusement ourlée et même un possible goûter attendaient de fêter des retrouvailles que Mariette avait longuement méditées et qui pourtant, à l'image de l'été qui allait suivre, se déroulèrent tout autrement que ce qu'elle avait supposé. Une demi-heure après son apparition en coup de vent, Louise était de retour, et de retour avec un livre. « Un livre à vous ? », hasarda Mariette. « Oui, à moi, rien qu'à moi, répondit Louise dans un rire, et que je vous offre si vous voulez bien l'accepter ! »

*

Qu'avais-je dit, pour qu'elle pâlisse comme si je venais de lui porter un coup, de l'offenser ? Sur le moment je ne cherchai aucune explication, déconcertée par la gaucherie avec laquelle elle tenait ce livre à deux mains, en fixait des yeux la couverture, tête baissée, puis par le brusque mouvement qu'elle eut pour se détourner, gagner en deux pas le rebord d'une fenêtre et l'y déposer comme s'il lui brûlait les doigts. « Ça nous dirait de faire le tour du jardin ? », marmonna-t-elle en revenant vers moi, et elle ajouta, à brûle-pourpoint : « J'ai déjà l'*Atlas des routes de France*... » Des livres, j'en avais toujours eu à ma disposition et en quantité, chez nous comme au lycée.

Quant à cette modeste *Encyclopédie des jardins* trouvée chez un soldeur parisien, je l'avais achetée parce que en la feuilletant, j'avais cru reconnaître sur une photographie l'arbuste malingre que j'avais sauvé des ronces, lequel m'avait ramenée à cette drôle de femme auprès de qui j'avais passé le meilleur de mes vacances de Pâques. Déconcertée, oui, et même davantage, par sa réaction. Plus tard, je pensai que Mariette avait été déçue — mais elle l'aurait probablement très bien caché ; ou qu'elle m'avait soupçonnée de lui mentir comme pour le sécateur et les gants de jardin — bien que d'une allusion, j'en suis certaine, elle m'aurait signifié qu'elle n'était pas dupe ; ou encore que je l'avais embarrassée parce que ses lectures se réduisaient à un atlas routier dont j'ignorais encore la valeur qu'il avait à ses yeux et qui, de ce fait, m'avait paru venir là comme un cheveu sur la soupe. Des années passeraient avant que je comprenne combien elle avait été, au contraire, bouleversée. Et peut-être que l'inévitable frivolité de ma jeunesse fut pour une fois une vertu. Sans elle, jamais je n'aurais osé lui envoyer par la suite d'autres livres depuis Paris.

*

Tout autrement que ce que Mariette avait imaginé, même si au-delà des retrouvailles avec Louise, elle n'avait pas imaginé grand-chose d'un été qui eut la luxuriance et la magnificence des roses de juillet. Et en eut aussi les épines, comme tout rosier qui se respecte, ainsi que le cours un peu chaotique que lui imprima une jeune fille de quatorze ans.

Il ne fut plus question, avant longtemps, du livre offert. En revanche la tondeuse fut assez vite au centre d'un incident. Dans l'intervalle, Mariette feignit de ne pas attendre Louise afin de ne pas l'obliger, et Louise d'être occupée ailleurs afin de ne pas donner l'impression de s'imposer. À l'orée d'un été qui semblait immense, c'était, entre elles deux, un peu de guingois, un peu embarrassé. Surtout que le jardin, maintenant, n'était plus dans une urgence qui les aurait réunies à travers quelque entreprise. Mariette fignolait, et les matinées y suffisaient bien, quand on se levait à cinq heures du matin.

Certes, il y avait l'herbe, singulièrement haute devant la maison et à peine moins envahissante derrière le marronnier et le châtaignier. L'herbe et donc la tondeuse, la tondeuse et le premier prétexte qui lui avait traversé l'esprit. Car Mariette se serait fait tuer sur place plutôt que d'avouer qu'elle se passait de quantité de choses, rognait sur tout, économisait au centime près, ne tenait pas de cahier de comptes comme sa mère l'avait fait parce que ce cahier était en permanence ouvert dans son esprit. Et qui aurait compris qu'acheter un peu d'essence pour une tondeuse à gazon était une dépense supplémentaire, une dépense de trop ? Du reste, en échange d'une tondeuse, elle avait eu les coquelicots.

Elle essaya d'en décrire la splendeur à Louise. Mais elle n'avait pas les mots qui leur auraient rendu hommage et auraient suggéré, ne serait-ce que suggéré combien ils l'avaient émerveillée. Louise l'écouta distraitement. Peut-être croyait-elle que laisser le jardin en herbe était un choix délibéré, ce qui, pensa Mariette, aurait été une justification finalement plus proche de la vérité : la tondeuse une fois remisée dans la resserre, elle l'avait totalement oubliée.

Même sans ses coquelicots, la prairie n'était pas laide sous la majestueuse silhouette du marronnier et la couronne basse, semblable au couvercle d'un panier de pique-nique, du châtaignier. Et derrière, les frondaisons du prunier, des pommiers, des noisetiers et des aulnes dominaient l'herbe comme les îles d'un archipel. D'étroites sentes les reliaient à l'opulente corbeille des hortensias, à une petite plate-bande fleurie, entre autres de lys, ou aux rosiers en majesté, aux rhododendrons et aux pivoines qui n'étaient plus que feuilles.

Autant d'îles plus petites, et pour certaines presque invisibles avant d'y aborder, que Mariette s'était ingéniée à défendre contre l'avancée d'un océan de graminées. Sur tout cela voletaient les papillons, bourdonnaient les insectes de l'été, mûrissaient les pommes et les prunes, oscillaient au vent les petits cônes des aulnes, tombaient des noisettes trop nombreuses et gonflaient dans leurs bogues les marrons des anciens candélabres. Il aurait fallu un regard bien peu attentif pour confondre avec de l'abandon cette liberté heureuse et cette singulière générosité qui résultaient aussi de semaines de travail. Il n'empêche, Mariette attendait l'appréciation de Louise comme on attend un jugement, un verdict. « Jamais vu un jardin comme le vôtre… », finit-elle par opiner. Était-ce une approbation ?

Et puis, à quelques jours de là, au sortir de sa sieste, car celle-ci était toujours en vigueur bien qu'elle-même commençât, à l'instar du soleil, à se lever un peu plus tard, Mariette vit arriver Louise sur les pas d'un monsieur, et ce monsieur en compagnie, si l'on peut dire, d'une tondeuse poussée devant lui avec une résolution qui cachait mal sa gêne ou son agacement, allez savoir : les deux probablement.

« Mon père… Mariette… », fit Louise avec un bref geste de la main de l'un à l'autre, en guise de présentations. Butée, hostile, contrainte : Mariette ne lui avait jamais vu un tel air de fâcherie, de sourde résistance. Lui, au contraire, afficha aussitôt un sourire pour la remercier d'accueillir sa fille, alors que dans ce hameau, il le reconnaissait volontiers, il n'y avait guère de quoi occuper une adolescente de son âge. Puis, éteignant un sourire qui n'avait plus lieu d'être après ces préliminaires, il alla droit au but : la tondeuse, évidemment, il ne voyait aucun inconvénient à ce que Louise l'empruntât, l'utilisât ailleurs que chez eux, encore qu'il s'étonnât de ce goût nouveau, dans la mesure où Louise n'avait jamais montré le moindre intérêt pour le jardinage, la botanique. Tant mieux, tant mieux, de cela aussi il devait la remercier, elle, Mariette. Mais il entendait, et il était certain qu'elle le comprendrait, être tenu au courant, et que les choses prêtées fussent rendues, remises à leur place car rien n'était plus exaspérant que de ne pas les trouver quand on en avait besoin !

Silence. Et le regard de Louise soudain levé sur Mariette, qui y lut en toutes lettres furieusement griffonnées : fin du laïus !

Silence aussi chez celui qui venait de

parler si haut, si net, et ne savait plus très bien comment redescendre de ce sommet et de l'air raréfié que l'on y respirait.

Silence enfin de la part de Mariette, coincée entre deux camps ennemis, dont l'un n'était pas moins réfractaire dans son obstination, sa position de repli, que l'autre n'avait été explicite dans ses récriminations et l'expression de son autorité. « On voudrait peut-être visiter le jardin… », marmonna-t-elle, faute de mieux.

Louise étouffa une sorte de gloussement qui ressemblait à un rire, et celui que Mariette appelait en son for intérieur « le monsieur » déclina l'invitation, au motif qu'il avait un travail à terminer, mais jeta tout de même un regard, le premier depuis qu'il était arrivé, sur le jardin en question. Il y eut alors en lui comme un déclic, un sursaut, la souvenance de l'objet du litige et de ce à quoi il servait, suivis d'un ébahissement manifestement sincère. « Et tu as l'intention de tondre cette herbe-là ! s'exclama-t-il, en se tournant vers Louise, mais tu n'y arriveras jamais, ma pauvre, jamais ! »

Mariette aurait donné n'importe quoi

pour mettre un terme à un affrontement dont elle sentait qu'il allait repartir de plus belle. Et cette fois non pas entre repli et offensive, mais sous la forme d'un double assaut d'arguments et égal entêtement des deux côtés. Oui, n'importe quoi, même ce qui aurait été perçu par Louise comme une reddition, autrement dit une trahison, à savoir donner raison au « monsieur » qui, au demeurant, n'avait pas tout à fait tort, mais ce aussi et surtout afin qu'il s'en aille et rembarque cette maudite tondeuse qui avait déjà tant fait parler d'elle. Elle n'en eut pas le temps.

Louise, avec la plus évidente, tranquille et blessante mauvaise foi, déclara qu'il aurait fallu, dans ce cas, le dire avant, avant de venir ici : qu'il ne voulait pas prêter des outils dont lui-même se souciait aussi peu que de leur jardin à eux, où végétaient, sur un bout de pelouse tondue comme le crâne d'un forçat, un rosier anémique et une haie de thuyas en état de coma dépassé… Alors il baissa les bras. Ou plutôt les leva dans un geste d'impuissance, et Mariette se sentit, comme on dit, dans ses petits souliers. Il abdiqua. Sans un mot supplémentaire, tourna les talons. Mais au moment où il atteignait la porte à claire-voie il se retourna et, évitant le regard de sa fille, s'adressant à Mariette seule, il lança qu'il serait heureux si elle voyait un quelconque avantage à faire des heures de ménage chez eux durant l'été. Louise s'empourpra jusqu'à la racine des cheveux.

*

Jamais je n'avais eu aussi honte dans ma courte vie ! Jamais je n'avais désiré rentrer sous terre comme en entendant ces mots-là. Mon père était furieux contre moi, et la colère, naturellement, ne prédispose pas au tact. Mais il devait avoir aussi l'obscur sentiment d'une alliance entre Mariette et moi. Laquelle n'avait pourtant rien dit. Ou justement parce qu'elle n'avait rien dit. Hormis l'invitation plutôt loufoque, en la circonstance, de visiter son jardin, qui avait déclenché en moi un fou rire, pour une bonne part, nerveux. Sauf qu'ensuite je n'eus plus du tout envie de rire. Mariette, je n'osais pas la regarder.

Avec la démesure et le prompt désespoir de la jeunesse, je me disais que je ne me pardonnerais jamais d'avoir, une semaine plus tôt, fait allusion devant mon père à la pauvreté de Mariette. Je n'avais sûrement pas employé ce mot. Il n'avait pas cours chez nous, recouvrait une réalité toute théorique, même si nous n'appartenions qu'à la classe moyenne, comme on la nomme aujourd'hui. J'avais dû dire que Mariette n'avait pas de quoi s'acheter un sécateur, alors une tondeuse... Et c'était d'autant moins tombé dans l'oreille d'un sourd que la femme de mon père en avait par-dessus la tête de faire le ménage, la cuisine et le reste pendant des vacances qui étaient aussi les siennes. À défaut de se pardonner, ma jeunesse oublia. Le jardin de Mariette et Mariette elle-même m'y aidèrent. Par la suite j'oubliai aussi la leçon que m'avait donnée cet incident. Je ne suis pas certaine de ne pas en avoir trop dit une nouvelle fois, ailleurs et en d'autres occasions. Apprendre demande du temps, et faillibles, mal dégrossis, apeurés, harcelés de fantômes ou de prétendues raisons, nous le demeurons jusqu'au bout. En tout cas, aussi haute qu'elle ait été et, selon mon père, seulement bonne à être fauchée, l'herbe fut coupée et je n'en fus pas peu fière, pas peu vengée !

*

Mariette commença par regarder Louise s'évertuer puisqu'elle-même était censée ne pas savoir utiliser une tondeuse. Pendant plusieurs jours consécutifs, matin et après-midi, ce fut un énorme bruit de lames rageuses qui donnaient l'assaut et s'étouffaient à intervalles réguliers. L'herbe se couchait. Il fallait la prendre à revers puis d'un côté, de l'autre : broyée, déchiquetée, coupée à différentes hauteurs, écrasée ici, hirsute là.

Au premier soir, la débâcle de la belle prairie désola Mariette, même si elle-même n'aurait pas fait mieux. Elles avaient trop tardé. Elle avait trop tardé. Celui qu'elle ne pouvait s'empêcher d'appeler « le monsieur » — « quel monsieur ?! se récria Louise, mon père ? », et elle n'entendit pas la suite que couvrit le vrombissement de la tondeuse. Mais peut-être que Mariette aurait aimé que l'herbe continuât de grandir indéfiniment, forêt de minces tiges laissant passer la lumière et dans laquelle des clairières secrètes fleurissaient, des dômes verts portaient des fruits et, à l'abri des regards, protégés du reste du monde, sinuaient d'étroits passages connus d'elle seule, de Louise, d'un chat et des taupes… Au matin du troisième jour, cependant, n'y tenant plus, elle prit les choses en main.

Louise, à l'évidence, faiblissait malgré sa jeunesse, à moins qu'elle n'ait été gagnée par le doute. Il fut décidé d'un commun accord de donner à l'ancienne prairie le temps de reprendre ses esprits avant de lui infliger une nouvelle et dernière coupe ; il fallait maintenant s'occuper de l'autre partie du jardin, et Mariette craignait pour son archipel patiemment élaboré d'arbres et de fleurs. Louise ne lui fournit aucune explication sur le maniement de la tondeuse et Mariette n'en demanda pas. Ne pas savoir se servir de cet engin ! L'une et l'autre firent mine d'avoir oublié.

Elles se relayèrent, au râteau comme à la tondeuse. Laquelle tomba en panne sèche après le début des opérations puis à deux reprises au cours de la semaine. « Bougez pas, je reviens ! », fit Louise. Et la troisième fois, elle n'eut pas à courir on ne sait où parce que le bidon d'essence était resté chez Mariette. De part et d'autre, il ne fut fait aucun commentaire. Et aucun commentaire non plus quand tout fut terminé. Mariette sortit deux chaises sur lesquelles elles se laissèrent tomber. Devant la maison, face au marronnier, en bordure de ce qui ressemblait à présent à une pelouse ou du moins à une étendue d'herbe pas trop mal tondue. Et qu'auraient-elles dit, eu besoin de se dire ? Louise rayonnait. Mariette contemplait le marronnier et le châtaignier. Le premier paraissait encore plus grand, plus imposant, et le second dont on voyait désormais le tronc bas et tordu semblait soupirer d'aise. La tondeuse repartit enfin chez son propriétaire. Le silence revint.

Suivirent des jours d'oisiveté, de repos. Louise reprit ses grasses matinées, et

Mariette ses siestes. Elles se retrouvaient vers quinze heures. Les menus travaux que réclamait encore le jardin, entrepris le matin par Mariette, étaient poursuivis par elles deux durant l'après-midi. Ôter des roses fanées, quelques mauvaises herbes coriaces, des chardons maintenant à découvert dans l'herbe. Lorsque le soleil tournait l'angle de la maison, elles arrosaient. Mariette remplissait un seau d'eau à l'évier tandis que Louise attendait sur le seuil de la maison, puis elles le portaient jusqu'à la petite plate-bande fleurie ou la corbeille d'hortensias. L'eau était distribuée avec parcimonie, bien que l'été fût chaud et sec. Ces heures nonchalantes étaient surtout l'occasion d'une sorte de jeu, presque rituel. Chaque jour, elles choisissaient un point de vue différent sur le jardin et y transportaient deux chaises. Mariette était en veine de bavardages ou de ce qui leur en tenait lieu : des propos marmonnés, semés au vent comme les akènes du pissenlit, entrecoupés de pauses. Qui avaient trait au jardin tel qu'elle l'avait trouvé à son arrivée à La Gonfrière, ou plutôt ne l'avait pas trouvé parce qu'elle avait eu alors pas mal de choses à régler. Louise l'écoutait, et si elle riait quelquefois de cette curieuse manière de s'exprimer ou d'un coq-à-l'âne saugrenu, elle-même ne disait pas grand-chose. Pensive, préoccupée. Et Mariette ne savait pas pourquoi. Ou plus exactement, elle aurait préféré ne pas le deviner.

Lorsque vint le jour de son ravitaillement, elle partit tôt, le matin, comme elle l'avait fait les deux semaines précédentes. Elle ne voulait pas que cette obligation écourtât le temps passé en compagnie de Louise. Elle ne voulait pas non plus que Louise découvrît le peu dont elle se nourrissait. De plus, depuis que l'été avait ramené les « secondaires » au bourg, elle s'y sentait encore moins à l'aise. Les gens du coin, eux, s'étaient habitués à elle, même si l'inverse n'était pas encore tout à fait acquis. Mais surtout elle redoutait de tomber sur le père de Louise et que celui-ci la reconnût, engageât la conversation. Et pas seulement à cause d'une bicyclette qui avait disparu de chez lui depuis beaucoup plus longtemps qu'une tondeuse. À l'aller puis au retour, elle pédalait comme une forcenée, évitait de lever les yeux sur les voitures qui la croisaient ou la dépassaient. Ce matin-là, justement, une voiture venant en sens inverse la klaxonna, et elle pédala de plus belle. Sûr, elle ne pouvait éluder indéfiniment. Un de ces quatre, le « monsieur » viendrait lui-même chercher la réponse à sa proposition et, face à lui, elle ne pourrait pas dire non. Qu'en penserait Louise, comprendrait-elle ?

*

Je souhaitais ardemment que Mariette refusât de venir faire le ménage chez nous. Ce n'était pas de la rancune contre mon père. Du reste, lui-même, plongé dans la correction de la thèse d'un de ses étudiants, avait oublié notre prise de bec. En revanche il n'oubliait pas de me demander quotidiennement si Mariette s'était décidée, ajoutant qu'il ne comprenait pas pourquoi une décision aussi simple, et qui arrangerait tout le monde, réclamait autant de temps. J'aurais pu lui demander à mon tour de quel « monde » il parlait, mais c'eût été relancer les hostilités. Oui, ardemment, j'espérais. Peut-être parce que le regret de n'avoir pas tenu ma langue ne m'avait pas totalement quittée. Ou parce que je voulais, comme on dit, garder Mariette pour moi, et garder l'image que j'avais d'elle : libre, fantasque, ne recevant d'ordre de personne et acceptant d'en payer le prix. « Une bataille, et allez savoir si je l'ai remportée ! », cette déclaration avait enchanté mes quatorze ans. De toute façon, il était clair qu'elle tergiversait et je ne voulais pas l'influencer. Naïve, sans doute, je l'étais, mais pas au point d'ignorer que l'argent dont l'aurait payée mon père lui aurait été utile. Beaucoup plus tard, repensant à ce qui s'était dénoué là, je me dis que si la décision de Mariette avait été autre, ce qui nous attendait à l'automne ne se serait peut-être pas produit. Ma belle-mère n'aurait pas été aussi remontée, mon père aussi exaspéré… Oui, peut-être, mais j'aurais perdu la Mariette que j'aimais.

*

Dans l'après-midi de ce même jour de juillet, Mariette, trop agitée pour s'abandonner à une sieste, fit plusieurs fois le tour du jardin, hésita longuement sur l'endroit où installer les deux chaises de cuisine promues chaises d'extérieur, puis s'assit et attendit l'arrivée de Louise. Il lui fallait encore réfléchir, peser le pour et le contre, une heure d'avance sur leur horaire habituel ne serait pas de trop.

Ce fut donc au-delà du marronnier, au plus profond du jardin, que Louise la trouva et la rejoignit. Comme si elle avait voulu avoir ce jardin en entier sous les yeux, comme si elle avait cherché et trouvé ce qui en était, à son sens, le plus beau point de vue, maintenant que le moment était venu.

Pour la première fois peut-être de sa vie, en tout cas ce fut la première et l'unique fois que Louise l'entendit s'exprimer ainsi, Mariette dit « je » pour refuser ce qui lui avait été proposé, ce que d'autres auraient probablement considéré comme une aide inespérée et n'auraient pas compris qu'elle n'en voulût pas, préférât vivre comme elle vivait, donnant le temps et les forces qui lui restaient à un jardin, à une maison, dans lesquels elle prenait aussi le temps de contempler, d'admirer, de goûter ce qui lui était offert en retour, et qui était beaucoup plus que ce qu'elle avait jamais reçu ou espéré recevoir, si bien qu'elle n'avait besoin de rien d'autre que ce qu'elle avait déjà...

Assises côte à côte et, pour l'une, sans plus de mots après cette plaidoirie, pour l'autre un grand soupir.

*

Et tout à coup je lui sautai au cou, l'embrassai sur les deux joues, crois même me rappeler avoir applaudi comme si je venais d'assister à la défaite du dragon, Mariette transfigurée en un superbe saint Georges féminin ! La comparaison n'était pas fortuite. Peu avant ces vacances d'été, j'avais découvert les *Saint Georges terrassant le dragon* d'un peintre italien et je m'en étais entichée. Si mes quatorze ans avaient jugé, dans l'une ou l'autre version, la frêle princesse plutôt insipide, avec ses petites chaussures rouges et son air de ne pas y toucher, en revanche ils avaient été fascinés par le chevalier cuirassé, plantant sa lance dans la gueule du monstre du haut de son destrier cabré. Et aujourd'hui encore, je ne peux voir une reproduction des tableaux de l'Uccello sans penser à Mariette. Ah, certainement, j'avais applaudi !

*

Avec tout cela, juillet avait franchi le gué de la fête nationale et poursuivi sa route. L'été célébrait le jardin, et inversement, dans des cascades de roses épanouies. L'herbe s'abreuvait suffisamment à l'humidité du sol pour ne pas jaunir mais ne poussait plus guère. Les pommes et les prunes, en abondance, avaient atteint leur taille adulte et, lentement, se gorgeaient de soleil et de sucs. La corbeille d'hortensias moutonnait de ses énormes têtes rondes d'un tendre rose sur le vert de leur feuillage. Dans un creux tapissé de lierre, des anémones sylvestres, se hasardant enfin, lançaient leurs hautes tiges grêles, couronnées de quatre pétales blancs. Mariette ne se demandait jamais d'où tous et toutes venaient. Le jardin avait probablement connu plusieurs propriétaires mais, plus pérenne qu'eux, il n'appartenait qu'à lui-même. Et s'il avait reçu les plantations des uns et des autres, il avait accueilli des graines apportées par le vent, les pluies, les oiseaux ou dans le pelage et les entrailles d'un animal. Arche de Noé aux grands piliers d'arbres comme le marronnier, le châtaignier et les aulnes, il était aussi l'arche secrète d'une vie patiente et obstinée. Lorsqu'elle découvrait un nouvel hôte, Mariette le gratifiait d'un compliment, et après que Louise l'avait quittée, elle apportait sur la table de la cuisine, non moins précautionneusement que s'il s'était agi du saint sacrement, l'*Encyclopédie des jardins* dans laquelle elle en cherchait le nom. Elle n'y trouva ni la bourrache ni la grande molène, apparues, pour la première, à côté de la menthe, pour l'autre près de la porte à claire-voie. Elle ne mit pas en cause le livre mais préleva une feuille et une fleur de chacune, les glissa dans une enveloppe sur laquelle, après avoir longuement réfléchi, elle calligraphia, d'une ronde écriture d'écolière, « Herbe à Louise », parce que ses fleurs étaient du même bleu que les yeux d'une jeune personne, et « Herbe de velours » en hommage aux feuilles charnues, d'un beau gris duveteux, de la seconde. L'enveloppe glissée entre les pages de l'*Encyclopédie,* celle-ci alla rejoindre l'*Atlas des routes de France* sur la petite table de la chambre à laquelle Mariette ne s'asseyait jamais et qui était devenue l'autel de sa bibliothèque. En revanche elle ne put s'empêcher d'annoncer à Louise que l'arbuste sauvé des ronces durant la semaine de Pâques était un « Buddleia de David ». Lequel avait non seulement forci mais déployé de longues grappes de fleurs violettes et montrait un singulier talent de charmeur de papillons. Mariette tut de qui ou de quoi elle tenait cette information, et Louise se mit à rire mais ne posa aucune question. « Un bien joli nom... », murmura Mariette.

*

Oui, l'été poursuivait sa route sans que nous nous apercevions de ce que les deux tiers du chemin étaient déjà parcourus. Dans quelques jours ce serait, à l'occasion du deuxième dimanche d'août, la fête de La Gonfrière. Cette fête avait peut-être autrefois amené au hameau des forains et les fermiers des alentours, mais elle ne donnait plus lieu qu'à une messe dans l'église. C'était du reste le seul jour de l'année où cette église était ouverte. Je ne sais pas si les fidèles étaient nombreux, je n'y étais jamais allée. L'église demeurait accessible jusqu'au soir et elle attirait des curieux, des promeneurs. Il y avait là une très ancienne statue, une « Vierge au passereau » prétendument miraculeuse que mon père avait dû mentionner devant moi sinon je ne vois pas comment je l'aurais su. J'en parlai à Mariette, lui proposai de visiter l'église. Elle ne me répondit pas. Sembla ne pas avoir entendu et je n'insistai pas. Une libellule retenait alors toute son attention. C'était effectivement une bestiole étrange, au long corps fuselé, annelé de jaune et de noir, avec de gros yeux à facettes d'un beau vert pré et des ailes plus transparentes que la plus fine mantille noire. Vue de près, elle semblait sortie d'un bestiaire fantastique. « Bien jolie ! », m'exclamai-je. Mariette hocha gravement la tête. Par un mimétisme involontaire, j'employais de plus en plus souvent ses expressions : un jour, dans mon grand âge, j'en viendrais à marmotter comme elle ! En attendant, elle éveillait mon regard, le familiarisait avec le plus petit ou le soi-disant trop commun pour être pris en considération. Une toile d'araignée tendue entre deux brins d'herbe la captivait autant que le rouge-gorge qui, sur ses pas quand elle sarclait le pied d'un rosier, levait vers elle ses yeux ronds, énigmatiques, d'un noir de jais. Une rencontre inattendue dans le jardin lui inspirait quelquefois une histoire loufoque, comme celle qu'elle m'avait racontée sur son mode habituel, lapidaire et grommelé, le jour où elle avait découvert, sur une feuille de rhododendron, une rainette plus petite que la phalange d'un doigt. Nous étions toutes les deux penchées sur cette miniature absolument parfaite, issue d'un monde minuscule, quand Mariette commença. Une vieille de sa connaissance, autrefois, s'emparait des crapauds avec une pince à feu et les jetait dans le brasier de sa cuisinière, de sorte qu'à l'heure de sa mort, toute une procession de crapauds vint témoigner devant l'Éternel. À l'évidence, après cette déposition, le sort post-mortem de la vieille était scellé. Jamais je n'avais vu Mariette aussi sombrement satisfaite que par cet épilogue, qu'elle ne se donna pas la peine d'énoncer. Un souvenir, une légende entendue dans son enfance ? Mariette ne répondant pas aux questions qui la concernaient directement, je m'abstins de lui en poser. Et la libellule qui s'était complaisamment laissé admirer s'envola, nous délivrant de je ne sais quel sortilège qui agissait si fortement sur Mariette. « Ouverte jusqu'au soir ? », fit-elle en se redressant, et parce que je ne comprenais pas de quoi elle parlait, elle ajouta : « l'église ».

*

Le dimanche venu, Mariette était prête bien plus tôt que ne le réclamait son rendez-vous quotidien avec Louise. Elle s'était vêtue de sa jupe et de son tricot couleur de muraille, avait enfilé un collant malgré la chaleur et lustré ses souliers fermés. Elle s'était peignée. Elle faisait les cent pas devant la maison, son sac à main sous le bras. Durant la matinée, elle avait entendu passer deux ou trois voitures, sonner la cloche de l'église et, derechef, des voitures sur le coup de midi. Ensuite, plus rien, et plus rien non plus tandis qu'elle attendait. C'était le bon moment pour y aller. « Où ça ? », lui demanda Louise. « Voir la miraculeuse. »

Il ne s'agissait pas d'une promenade. Mariette allait à grands pas. La Gonfrière n'aurait compté que sa maison, son jardin, elle n'aurait pas marché plus vite, droit devant elle sans rien regarder. C'était un début d'après-midi dominical radieux, somnolent et, dans la rue qui descendait vers le fond du vallon, vide de toute présence humaine, hormis la leur, bien que les cinq autres maisons aient été, en ce mois d'août, habitées ; on était probablement encore attablé ou étendu dans un transat à l'ombre. Mariette traversa le petit cimetière du même pas pressé, s'engouffra dans l'église dont le portail était largement ouvert et s'arrêta enfin. Mais juste le temps de s'habituer à la pénombre, d'embrasser l'intérieur d'un regard circulaire et de repérer celle qu'elle était venue voir. Puis elle alla se planter devant, tandis que Louise, le nez en l'air, remontait la courte nef.

« Tu es donc là… Et qui a décrété qu'on ne peut te rendre visite qu'une fois par an ! De toute façon, c'est vrai, je ne serais pas venue avant. À cause du rêve de cet hiver. Mais je vois qu'on ne m'a pas raconté de blagues, tu as bien un moineau sur ta main gauche, et il y semble bien. Alors peut-être que tu n'as pas oublié que tu es du côté de ceux qui n'ont pas de voix ou une voix que l'on n'entend pas, que l'on ne comprend pas. Bon, je t'ai apporté un petit quelque chose au nom d'eux tous, et j'ai pensé aussi aux allumettes. »

*

J'arrivai trop tard auprès de Mariette pour surprendre de son conciliabule autre chose que ses derniers mots. Je la regardai, intriguée, tirer de son sac à main une boîte d'allumettes puis une bougie, une banale bougie de cuisine que l'on cherche dans les placards lorsqu'il y a une coupure d'électricité. Il n'y avait pas de pique-cierge devant le socle de la statue, et le débord de ce socle était trop étroit pour que l'on y déposât quoi que ce soit. Mariette craqua une première allumette, enflamma la mèche, en craqua une deuxième dont elle chauffa l'autre extrémité jusqu'à ce que quelques gouttes de cire en tombent puis, se penchant, elle affermit la bougie sur le sol, le pavement en pierre. Par terre. Si bas que la flamme éclairait à peine la partie inférieure du piédestal. Si solitaire que je ne pus m'empêcher, lorsque nous sortîmes de l'église immédiatement après, de me retourner sur cette flamme qui brûlait dans une pénombre où seules quelques chaises étaient tournées vers un autel. Nous repartîmes comme nous étions venues, au pas de course. En chemin, Mariette bredouilla non pas une explication à mon intention mais un de ses habituels commentaires jetés au vent, en l'occurrence sur une dame des bois et un saint, qui me demeura totalement obscur. Une fois revenues dans le jardin, une sorte de vacuité, d'indéfinissable tristesse s'empara de l'après-midi. Nous n'avions pas cherché « un autre point de vue », nous nous étions assises au plus vite, au plus près, à l'ombre de la maison, face au marronnier. Dans ses vêtements du dimanche, Mariette paraissait en visite. Tellement plongée dans ses pensées qu'elle ne songeait ni à en changer ni à me proposer un verre d'eau. Pas plus qu'elle, je n'avais envie de parler ou de faire quoi que ce soit. J'en oubliai même la curiosité que j'avais de sa maison, dans laquelle je n'étais encore jamais entrée. L'air était immobile, la lumière aveuglante et les ombres très noires, août accumulait la chaleur, cherchait l'orage. Je ne tardai pas à quitter Mariette. Mon père devait être revenu de L'Aigle où, après une énième querelle entre eux durant le déjeuner, il avait accompagné sa femme au train de Paris. Néanmoins, aussi brève, bizarre, et somme toute ratée qu'ait été notre première excursion à l'extérieur du jardin de Mariette, elle me suggéra l'idée de recommencer. Je réfléchis longuement à la manière de lui en parler car je n'étais pas du tout certaine que cette idée l'enthousiasmerait.

*

Ce ne fut pas l'enthousiasme. Ce mot et ce qu'il recouvrait étaient plus qu'étrangers à la nature comme à l'existence de Mariette. Mais lorsqu'elle comprit où Louise voulait en venir, elle ne dit pas non. Elle aimait bien aller à vélo. Et pas seulement pour se réapprovisionner au bourg. Ses virées sur le plateau avant que le jardin ne l'accapare, rien ni personne ne les lui avait imposées. Restait qu'elles ne disposaient que d'une bicyclette, sujet du même ordre épineux que le prêt d'une tondeuse à gazon. Mariette l'évoqua de biais, avec force détours, jusqu'à ce que Louise devine et balaye l'objection. C'était prévu : elle-même prendrait le vélo de son père qui ne s'en servait jamais ! Mais il restait encore un obstacle, beaucoup plus difficile à aborder.

Mariette pouvait-elle avouer tout de go que les gens lui faisaient peur et que les six mois de solitude qu'elle avait vécus à La Gonfrière n'avaient rien arrangé ? Sous sa cuirasse d'impassibilité, elle avait peur, oui, avait toujours eu peur des gens et de leur aisance brutale, de leur bon droit qui n'était jamais le sien, de leurs voix si promptes à commander, interdire ou se moquer, de leur supériorité affichée de mille manières et, pis encore, de leurs regards sur elle, subitement gênés. Elle s'y risqua pourtant. Peut-être parce qu'il était évident que Louise serait contente si elle acceptait. Peut-être aussi parce qu'elle-même était tentée. Mais en définitive parce qu'elle retrouva des mots entendus elle ne savait où et remémorés elle ne savait comment, des mots qui disaient sans tout dévoiler, des mots honorables : « elle ne s'était jamais sentie à l'aise en société... »

Il s'ensuivit une discussion sur le lieu où elles pourraient aller, ni trop loin ni trop fréquenté. En fait de discussion, Louise proposait, Mariette écoutait, et en fin de compte ce fut Mariette qui choisit.

*

Le lendemain nous partîmes au milieu de la matinée avec un panier de pique-nique. Mon père était lui-même parti à l'aube, bien avant mon réveil. Il m'avait écrit sur un bout de papier qu'il faisait un saut en voiture à Paris, serait de retour le soir, espérait que je ne m'ennuierais pas et que je ne ferais pas d'idioties. Je me doutais de ce qui le menait là-bas : se rabibocher avec sa femme, en tout cas essayer. Bref, j'avais quartier libre et c'était une superbe journée, l'orage attendu n'en finissant plus d'arriver. De tout cela je ne dis rien à Mariette, et pas davantage que j'avais fait une razzia dans le frigo pour un pique-nique non prévu au programme. Cet horaire précoce aussi était imprévu. Mariette considéra le vélo d'homme, le panier sur le vélo, et n'émit qu'une objection : elle devait s'habiller. À mon sens, son pantalon troué aux genoux, son tee-shirt décoloré et ses espadrilles avachies auraient fait l'affaire, je n'étais pas beaucoup mieux vêtue, mais je savais qu'il n'y avait pas à discuter. J'attendis patiemment, assise sur une chaise devant la maison. Étaient-ce l'heure encore matinale et le ciel d'un bleu profond auquel s'adossait, avec une aimable majesté, le grand marronnier revigoré par l'humidité de la nuit ? Jamais la beauté de ce jardin ne m'avait autant frappée. Enfin Mariette réapparut. Jupe et tricot, chaussures fermées, sac à main sous le bras, les mêmes que le dimanche précédent. Il ne manquait que le collant et le coup de peigne. *No comment* de ma part, évidemment ! Elle alla chercher mon ancienne bicyclette, nous attachâmes son sac à main sur le panier de pique-nique et nous prîmes la route !

*

La route de Saint-Évroult-Notre-Dame-du Bois, puisque tel était le but que Mariette avait choisi pour leur balade.

*

À la première montée, au sortir immédiat du hameau, Mariette grimpa la côte avec tant d'aisance qu'elle me devança. Depuis le temps, son ravitaillement au bourg lui avait certainement fait les mollets mais il y avait néanmoins son âge, je m'étonnai. Un âge que je n'évaluais pas très bien parce qu'il m'était impossible de l'imaginer plus jeune ou plus vieille : de toute éternité telle qu'elle était. Je n'aurais donc pas à l'attendre et, à ce train-là, nous serions à Saint-Évroult dans la demi-heure ! Sauf que dès la sapinière, et bien que la route jusqu'au pont fût plate et droite, elle ralentit l'allure et me laissa filer devant. Quand je me retournai pour voir où elle en était, je l'aperçus, tout à fait en arrière, arrêtée par je ne sais quoi, les pieds à terre, de part et d'autre du vélo, et les mains sur le guidon. La chaîne avait peut-être sauté, je revins vers elle. « Parce qu'on a cru que je ne saurais pas la remettre ? », marmonna Mariette puis, sans transition, « mais ça, Louise, ça ! », et elle prit une grande inspiration, huma une fois encore la très violente, la presque entêtante senteur balsamique des sapins, avivée par la chaleur naissante et portée par un souffle d'air en travers de la chaussée, qui m'avait, moi, à peine effleurée. Un instant après et une centaine de mètres plus loin, près du pont, ce fut un ragondin ou ce qu'elle croyait être un ragondin dans les broussailles du ruisseau et, derechef, je revins vers elle. « Ah oui ? » « Oui. Mais trop tard, il ne vous a pas attendue ! »

Je ne sais plus combien de fois je rebroussai chemin ni combien d'oiseaux ou autre bestiole l'arrêtèrent et m'échappèrent jusqu'à ce que je décide d'adopter son allure à elle, de rouler à son côté. « Là, là ! », lançait-elle brusquement, stoppant net. « Où ? », demandais-je, parce que je ne voyais rien en dépit de son doigt tendu. Mais notre trouvaille la plus insolite devait me revenir. Mariette regretta que l'on n'ait pas emporté l'*Encyclopédie.* Cette fleur des talus d'un rose nacré, tacheté de fuchsia, elle ne l'avait jamais vue, en ignorait le nom et je ne fus pas peu fière lorsque, rentrées de notre virée, l'*Encyclopédie* nous apprit qu'il s'agissait d'une orchidée sauvage. Infiniment plus petite, plus discrète et plus mystérieuse que les altières des fleuristes, ces exilées des contrées exotiques auxquelles je n'associe jamais cette lointaine balade, ou alors par antinomie.

« Faudrait tout de même avancer », finit par murmurer Mariette. Oui, il fallait. Il y aurait bientôt une heure que nous étions parties et nous n'étions qu'à mi-chemin, nous serions allées plus vite à pied. Le paysage, cependant, avait insensiblement changé. Les montées et les descentes étaient plus longues, les bosquets moins épais, les haies ne formaient plus de voûtes sur nos têtes, le regard portait au loin. Un horizon de collines. Nous n'avions pas croisé une seule voiture et nous avancions de front. Je jetai de temps à autre un coup d'œil sur Mariette : droite comme un « i », elle pédalait avec une sorte de dignité têtue dans les côtes et, toujours aussi droite mais retenant d'une main sa jupe sur ses genoux, elle dévalait les pentes avec un plaisir manifeste. Au bas de l'une d'elles, elle donna un grand coup de frein. Je la dépassai, ne voulant pas perdre mon élan juste avant d'aborder la montée suivante. À mi-côte, je me retournai, lui fis de grands signes qu'elle ne vit pas. Elle n'entendit pas non plus quand je l'appelai, ou ne voulut pas entendre, je la rejoignis. Lui demandai ce qu'elle regardait. Tout le visage tendu en avant, elle eut un mouvement du menton mais ne me répondit pas et je m'exclamai : « C'est que je commence à avoir faim ! » Nous fîmes la course le long de cette côte que je grimpais pour la deuxième fois. Je l'emportai. Peut-être parce que Mariette avait encore dans les yeux un pré qui, depuis le creux de la route, partait à l'assaut du ciel et semblait s'y jeter comme s'il avait été l'extrême limite de la terre, l'embarcadère des cieux. Maintenant, les rares fois où je vais à Saint-Évroult à bicyclette, je vois le dos de ce pré à travers son regard à elle. Et le ciel à la verticale, derrière, immense, infini.

Après qu'une voiture nous eut obligées à nous mettre en file indienne, nous poursuivîmes sans plus nous arrêter. Déjà, on sentait venir le village, et le soleil commençait à taper. Je ne m'aperçus du changement qui s'était opéré chez Mariette que dans la rue principale. Elle roulait immédiatement derrière moi, tassée sur la selle, sur le guidon, sans un regard pour quoi que ce soit. Je n'y prêtai pas grande attention. Nous étions dans la seconde quinzaine d'août et aux alentours de midi mais il n'y avait pas grand monde dehors : deux ou trois « autochtones », comme aurait dit mon père, et quelques vacanciers reconnaissables à leur air un peu égaré. À Saint-Évroult, la rue principale fait un coude au niveau des vestiges d'une abbaye. Et ces vestiges ouvrent sur un vaste étang que contourne la rue ou plutôt ce qui est déjà la route qui remonte, ensuite, vers la forêt. En bas, un restaurant, en face une supérette. Je voulus acheter des boissons fraîches, Mariette refusa. « Là-bas ! », fit-elle en désignant un point sur la rive. Et ce « là-bas » s'avéra la dernière table de pique-nique offerte aux rares promeneurs en bordure de l'étang. Cette fois, Mariette allait devant et à grandes enjambées, sa bicyclette tenue d'une main. Je ne comprenais pas sa hâte ni sa volonté de s'écarter le plus possible d'un voisinage humain pourtant hautement improbable. J'étais fatiguée, j'avais chaud, j'avais faim. Et j'avais oublié ce qu'elle avait dit si vite, si bas, avec des mots longuement, anxieusement pesés. Je déballai nos victuailles. J'avais vu grand ! À la mesure de deux appétits comme le mien. L'eau trimballée dans sa bouteille en plastique était tiède mais tant pis, le reste était parfaitement mangeable et même délectable. Je me rappelle les tranches de rosbeef et les fruits, mais entre les deux il devait y avoir pas mal d'autres choses raflées dans le frigo. Et j'avais bien sûr pensé au pain mais aussi au tube de mayonnaise, aux cornichons, aux assiettes en carton, aux couverts et même aux serviettes. Je dévorai, et à mesure sentais mes forces revenir. Oh, nous étions magnifiquement bien à l'ombre de cet arbre, pieds déchaussés dans l'herbe, en tout cas les miens, et à côté du scintillement d'un étang doucement ridé par un imperceptible souffle de vent. Mariette mangeait à petites bouchées, lentement, gravement, tout en regardant autour d'elle, maintenant qu'elle était certaine de la solitude du lieu.

Je suçotais le noyau d'une deuxième pêche quand elle m'interrogea sur l'abbaye. Mon père, il y avait quelques années, m'y avait traînée, et j'essayai de rassembler mes souvenirs, bien que le souvenir le plus net eût été le morne ennui d'une enfant de dix ans devant des murs effondrés et des bouts d'arcs ouvrant sur le vide. « Fondée par un moine il y a très, très longtemps », fut tout ce que je trouvai, assez piteusement, à lui dire. « Un moine ou un saint ? » À mon avis, c'était du pareil au même, mais au vu de son air à elle, il devait y avoir une différence, je préférai éluder. « L'Évroult qui a donné son nom au village ? », fit-elle un instant plus tard. Je hochai la tête : à défaut d'en être certaine, c'était au moins logique. Le déjeuner, la chaleur, le silence, l'étang miroitant et le ciel d'un bleu strident dans lequel montait un cumulus d'un blanc éclatant, ajoutés aux quatre kilomètres à vélo, invitaient à la somnolence. Quittant table et banc, je m'allongeai dans l'herbe.

Je ne sais combien de temps Mariette me laissa dormir. Lorsque je rouvris les yeux, elle était debout, une dizaine de mètres plus loin, face à une trouée dans les arbres qui donnait sur l'abbaye. Les reliefs de notre déjeuner avaient été remballés dans le panier et le panier était de nouveau ficelé sur un porte-bagage avec son sac à main. Le cumulus avait non seulement doublé de volume mais sa base avait pris une étrange couleur ardoise, festonnée d'or. La chaleur avait encore monté d'un cran, la surface de l'étang était si immobile qu'elle paraissait de verre sombre. Nous reprîmes nos vélos. Mariette voulut néanmoins visiter les ruines de l'abbaye.

*

Puisque c'était pour cela aussi, dont elle n'avait soufflé mot, que Mariette était venue ici. Quant à l'orage, elle décréta qu'il n'éclaterait pas avant le soir.

*

Je ne voyais vraiment pas le plaisir que je prendrais à déambuler, sous un soleil de plomb, entre des murets qui décrivaient le périmètre d'une immense abbatiale mais vous laissaient le soin d'en imaginer la magnificence parce qu'ils ne dépassaient pas la hauteur de vos genoux. Il y avait, c'est vrai, un superbe arc ogival, mais rattaché à pas grand-chose. Pour le reste, des amas de pierres taillées sur lesquelles on aurait pu faire cuire un œuf tant elles avaient emmagasiné de chaleur depuis le matin. Et puis, ça et là, des panonceaux expliquant aux amateurs le comment du pourquoi de cet ensemble monastique, et qui l'avait édifié, qui y avait vécu. À quatorze ans, je n'étais pas plus sensible qu'à dix au charme des ruines. En plus, j'étais beaucoup moins catégorique que Mariette sur la venue de l'orage. Je restai donc sur la rive avec nos vélos, près d'un arbuste lui aussi écrasé de chaleur, indifférente à la splendeur d'ombres et d'ors dont les proues dressées de gigantesques cumulus revêtaient ces pierres et un arc qui paraissait les défier à lui seul. Pendant ce temps, Mariette lisait avec application. La distance était brève et sa silhouette parfaitement découpée. Avec application, entièrement à sa lecture. Je me fis la réflexion qu'elle ne portait pas de lunettes. Coquetterie ? Mais elle repérait une rainette grande comme la phalange d'un doigt sur une feuille de rhododendron, du même vert, de surcroît. Sacrée vue, pour une femme de son âge ! Je me demandai de nouveau quel âge elle pouvait avoir et levai une nouvelle fois le nez vers le ciel. Dans l'intervalle, Mariette était partie ailleurs. Je me haussai sur la pointe des pieds. L'aperçus à mi-corps devant un autre panonceau. Combien y en avait-il, les lirait-elle tous ? Je ne l'aurais pas crue férue d'Histoire, celle avec un grand H que mon père enseignait à l'université. Ce rapprochement me parut hautement cocasse. J'imaginai dans la foulée Mariette parmi ses élèves et me mis à rire. Non pas de Mariette mais de mon père découvrant dans un amphithéâtre celle qu'il avait prise pour une femme de ménage. Bon, maintenant, Mariette avait carrément disparu. J'allai jusqu'à la passerelle jetée sur le fossé qui séparait la rive de l'abbaye et ne la vis nulle part. Je commençais à m'inquiéter.

*

Elle en avait appris, des choses ! Et pourtant pas l'essentiel. Sur le premier panneau, la mention d'un Évroult de Bayeux venu là avec deux compagnons pour y fonder un ermitage lui avait donné bon espoir. Mais ensuite il n'était plus question de lui : d'autres, grands conquérants ou doctes hommes de Dieu, lui volaient la vedette. Alors, après avoir lu tout ce qui était écrit sans en rien sauter, Mariette avait cherché la tombe du saint ou, à défaut, une trace de sa présence parmi les pierres elles-mêmes. Mais pas la plus petite mention gravée, la moindre image, le moindre indice sur le faiseur de miracles et ce qu'avait été son existence. Au-delà de l'arc qui béait sur les nuages, il y avait un bâtiment vers lequel Mariette se risqua parce qu'il semblait aussi désert que l'étaient les vestiges eux-mêmes : un gîte, un simple gîte pour vacanciers. Passant sous un beau porche voûté, elle se retrouva dans la grand-rue du village.

*

Enfin, elle ressurgit ! Non pas au milieu des vestiges de l'abbaye mais le long de la route qui descendait vers l'étang. Et du pas tranquille de quelqu'un absorbé dans ses pensées. Lorsqu'elle fut à mon côté, elle marmonna que l'essentiel avait été oublié. Je l'entendis à peine. Pour moi, l'essentiel était de regagner La Gonfrière avant que des trombes d'eau nous tombent dessus. Pourtant il était dit que cette balade serait de bout en bout marquée au sceau de l'improbable. Mais en avait-il jamais été autrement en compagnie de Mariette ? Je pédalais comme si j'avais un molosse à mes trousses. Derrière nous, sur le village, le ciel était noir, et le vent s'était levé. De ses rafales, il nous poussait dans le dos, il n'était plus question de musarder. J'allais devant, bien résolue à ne pas m'arrêter, quoi qu'il arrive. Et que pouvait-il nous arriver sinon que le tonnerre qui grondait déjà dans le lointain nous rattrapât ? J'avais toujours eu peur de l'orage et, avec les années, je ne me suis pas amendée. Nous avions à peu près parcouru la moitié du chemin quand j'entendis Mariette crier. Bon Dieu, pour crier de la sorte, elle devait au moins être tombée ! J'avoue que je pensai aussi qu'un hérisson écrasé, rejeté sur le bas-côté de la route, pouvait fort bien lui avoir arraché un cri semblable. Non plus un cri, en réalité, mais ce qui était à présent des appels disloqués par le vent et déjà atténués par la distance. Je freinai pour mieux écouter, puis je fis demi-tour en pestant abondamment.

Du hérisson, il avait la couleur, et aussi les piquants. Au figuré, j'entends, vu la manière dont il fuyait devant Mariette. Car cet homme, dans sa brune robe de moine, était bien vivant, et il s'éloignait à grandes enjambées, courait presque devant Mariette, sur un chemin de terre au milieu des pâturages. D'où sortait-il, comment l'avait-elle aperçu depuis la route et, surtout, que lui voulait-elle ? Le tout sous un ciel d'orage, avec des pommiers qui hochaient frénétiquement la tête dans le vent, mon ancienne bicyclette abandonnée à l'entrée du chemin, et elle qui s'égosillait sur ses pas, et lui qui ne voulait rien entendre, filait comme un lapin. Stupéfaite, c'est peu dire que je l'étais. Il finit sans doute par lui échapper ou elle par renoncer, du moins je le supposai parce que soudain je n'entendis plus la voix de Mariette et, peu après, je la vis revenir vers moi. Alors les premières gouttes tombèrent.

*

La pauvre petite, elle était trempée ! Ayant trouvé le fourneau encore tiède, Mariette avait prestement rallumé le feu, chauffé du lait, servi un chocolat, un seul — avec ce qu'elle-même avait mangé à midi, elle n'avalerait plus rien avant le lendemain. Et voilà donc qu'elle était attablée dans la cuisine en compagnie de Louise.

Ce n'était pas tout à fait ce qu'elle avait imaginé. Il manquait la nappe à carreaux, et si elle avait pu prévoir, elle aurait acheté un paquet de biscuits. Mais enfin, c'était une première. Et peut-être que si cette journée n'en avait décidé ainsi, elle n'aurait pas osé, en dépit des goûters auxquels elle avait longuement rêvé, présenter la maison à Louise et inversement. Des fois que… Des fois que quoi ? Eh bien, pour ainsi dire, qu'elles ne s'entendent pas, ne s'apprécient pas mutuellement. Mariette, ma fille, quand cesseras-tu de te raconter de pareilles âneries ? Il n'empêche, Mariette ne perdait rien des regards en coin que Louise jetait autour d'elle en sirotant son chocolat. Et elle préféra encore, à ces regards qui l'emplissaient de nervosité, aborder un sujet qu'elle aurait volontiers passé sous silence, mais dont elle était certaine qu'il capterait l'attention de Louise. « Pas causant, ce moine des champs… »

*

Il y avait près de deux mois que je fréquentais Mariette quotidiennement et je m'étais habituée à ses silences, à ses coq-à-l'âne, à ses commentaires apparemment sans lien avec la situation présente et autres réponses à retardement, semblables à des résurgences au terme de je ne savais quel cheminement souterrain. Sa désinvolture avec ce que mon père appelait le « Verbe » (et le ton de sa voix suffisait alors à suggérer l'obligatoire majuscule) ne choquait pas ma jeunesse. Mariette n'était pas un discours, elle était un monde ! Mais je ne m'attendais pas à ce qu'elle revienne aussi vite sur ce qui avait été, avant l'improbable encore à venir, le clou de la journée. Ce moine, non, elle ne le connaissait pas personnellement, ne l'avait jamais vu à La Gonfrière ni au bourg ni à Saint-Évroult, les rares fois où elle y était allée pour prendre un autocar ou en était revenue à pied.

Des années plus tard, un ami installé par ici depuis beaucoup plus longtemps que moi m'apprendrait que ce bout de campagne, trop pudique pour livrer aux automobilistes qui n'en parcouraient que les plateaux le charme étrangement attachant de ses vallons sillonnés de ruisseaux et de ses chemins creux bordés d'aubépines, abritait un ermite. Retiré au plus profond de ce qui avait subsisté de l'immense forêt de jadis, le bonhomme, paraît-il, n'était pas commode. Et, bien sûr, je pensai à Mariette et à cette journée : était-ce notre moine ? En revanche, je ne sus jamais ni ne parvins à deviner ce qu'elle avait à lui demander ou à lui dire de si important, de si urgent, pour s'être lancée dans cette course-poursuite alors que l'orage était sur nos têtes... Et elle n'était plus là pour me l'expliquer. En admettant qu'avec les années elle fût devenue plus diserte sur les chemins secrets de son monde.

Je repartis de chez Mariette à la nuit tombée. L'orage avait passé. Le ciel roulait encore des nuages, mais entre ces grandes masses ténébreuses se pressaient des étoiles qui avaient l'éclat du diamant. La pluie avait avivé toutes sortes d'odeurs, pénétrantes et fraîches, la terre depuis longtemps assoiffée embaumait et soupirait. Une nuit sans lune. Mariette m'avait prêté une lampe de poche. Je marchais au milieu de la route, le nez levé vers le ciel. Mon père n'était pas encore revenu. Je trouvai un message sur le répondeur téléphonique : il ne rentrerait que le lendemain matin. Je me couchai. M'endormis en pensant à des murs lambrissés de chêne et à la cheminée dans laquelle Mariette avait allumé une flambée, au grand miroir qui en retenait les reflets mouvants et aux lourds rideaux de velours tirés sur la pluie qui battait les vitres. Qu'elle était accueillante, cette maison !

Accueillante et improbable… Mais, à la réflexion, pourquoi improbable ? Nous avions attendu la fin de l'orage en feuilletant l'*Encyclopédie des jardins.*

*

Septembre rendit Mariette à sa vie d'avant l'été. À quelques jours d'intervalle, les « secondaires » avaient tous quitté La Gonfrière. Au bourg aussi l'atmosphère avait changé. Les derniers vacanciers disparus, les journées flottaient un peu, comme dans un vêtement subitement trop grand. Mariette savait Louise repartie de bon matin pour Paris lorsqu'elle avait découvert la tondeuse devant la porte à claire-voie du jardin, et le bidon d'essence dessus, plein à ras bord. Les avait-elle « subtilisés » ou apportés là avec le consentement de son père ? En tout cas, la veille, lorsque le moment de se quitter était venu, il n'en avait pas été question entre elles.

Sa vie d'avant, oui, mais plus tout à fait la même, puisque constellée de souvenirs comme les branches des pommiers et du prunier étaient alourdies de fruits. Et des souvenirs assortis de la promesse de se revoir en novembre, durant les vacances de la Toussaint. D'un passé tout proche à un futur pas trop éloigné, il y avait de quoi peupler une tranquillité que Mariette, au demeurant, n'était pas mécontente d'avoir retrouvée. « Pour ainsi dire, reprendre son souffle », marmonnait-elle.

Le jardin aussi, après la traversée de l'été, reprenait son souffle, navire arrivé à bon port, les soutes pleines, et bientôt pavoisé des premières couleurs de l'automne au grand mât qu'était le marronnier. Car le soleil avait déjà du mal à absorber l'humidité du petit matin et, le soir, il descendait vers un horizon de brume. Bien que le jour reculât depuis longtemps, c'était à présent seulement que la nuit semblait de retour, et la maison de nouveau attirait, retrouvait son importance, rivalisait sans mal avec le jardin. Et puis des pluies lentes et fines, comme sur la pointe des pieds. Pourtant il y avait encore des après-midi ensoleillés, et brusquement on se serait cru de nouveau en été, même si l'été, d'après le calendrier, avait passé la main. Mariette renonçait alors à une lessive, au ménage ou au ramassage des pommes. Elle allait s'asseoir sur un banc qui n'était pas un prêt équivoque comme une certaine tondeuse à gazon mais, selon les mots de Louise, un nouveau venu dont il n'y avait pas à la remercier parce qu'il échappait ainsi au rebut. Une dernière fois, elles avaient cherché ensemble « le meilleur point de vue » pour l'y installer, et le chat du jardin, qui s'était montré fort discret durant tout l'été, se l'était aussitôt approprié. Il l'abandonnait de mauvaise grâce quand Mariette approchait et lui lançait : « Reste, reste, assez de place pour deux… »

Assise là, dans la corbeille d'or tressée par les rayons obliques du soleil d'octobre, avec sous les yeux le marronnier et le châtaignier mais aussi un pan de la maison, les dernières roses de l'année et un énorme bouquet d'asters aux innombrables petites têtes parme. À bayer aux corneilles, auraient dit les fantômes d'antan, s'ils n'avaient, semblait-il, définitivement renoncé à dénigrer ses faits et gestes, y compris cette façon qu'elle avait, et dont il n'y avait plus à espérer qu'elle se départît jamais, de parler toute seule. Preuve en étaient les commentaires à voix haute qui avaient accompagné les bougies ressorties d'un tiroir et de nouveau allumées à la nuit tombée. « La pauvre Notre-Dame, reléguée dans son église fermée d'un bout à l'autre de l'année, il fallait bien lui montrer que l'on pensait à elle ! » Quant au saint, Mariette ne lui en voulait plus d'avoir pris la fuite : « Après s'être tenu si longtemps en marge de la vie et de la Création, il n'avait sans doute plus rien à dire aux hommes. » Pas plus que le reste, ces élucubrations n'avaient fait réagir les fantômes. Et lorsque Mariette s'asseyait sur le banc et s'adressait à Louise, c'était en toute liberté et en toute conscience de cette liberté que rien ni personne ne venait plus lui contester. Mais de Louise à une autre, il n'y avait qu'un pas, et le jour où Mariette murmura : « Bon, finalement, comment tu les trouves, toi, ce jardin et sa maison de poupée ? », ce fut la voix de cette autre qui répondit :

« Mariette, ma fille, c'est beau, ce que tu as réussi à faire ici. »

*

J'avais promis de donner des nouvelles. Mais vu que Mariette n'avait pas le téléphone et encore moins Internet, il ne me restait plus qu'à imprimer de temps en temps un email sur une feuille de papier et à l'expédier par la Poste, rien de bien compliqué. Et pourtant jamais un courrier, électronique ou pas, ne me fut plus difficile à rédiger ! Je tergiversais et, si je me souviens bien, finis par mettre sous enveloppe une pochette de graines achetée chez un pépiniériste, le long de la Seine, que j'expédiai au nom de Mariette Copiel mais sans un mot d'accompagnement, d'explication. Quels mots auraient pu dire ma stupéfaction et ma révolte ! Notre maison de La Gonfrière mise en vente dès notre retour à Paris, comment l'annoncer à Mariette ? Mais pourquoi ! m'étais-je écriée. Parce que mon père allait divorcer et que cette maison achetée sept ans plus tôt l'avait été avec sa seconde femme. « Et, que je sache, avait-il lancé, excédé par mes pourquoi, tu t'es toujours plainte de devoir y passer tes vacances ! » « Oui, mais Mariette ! » « Qui ? », avait fait mon père, qui ne m'écoutait déjà plus. Pour comble de malheur, la maison trouva preneur en un temps record. La maison et tout ce qu'il y avait dedans, moins une tondeuse à gazon, un sécateur, une paire de gants de jardin et un banc branlant qui, de toute façon, aurait atterri à la déchetterie… Fin octobre, j'achetai et lus les *Promenades entomologiques* de Jean-Henri Fabre, puis je les expédiai à Mariette. Sur la page de garde, j'avais écrit que notre maison de La Gonfrière était vendue et que je me débrouillerais pour revenir la voir, elle. Nous ne nous revîmes jamais. Mais pendant des années, je lui envoyai de loin en loin des mails par la Poste, ainsi que des livres ou des sachets de graines, et je pris soin de lui donner ma nouvelle adresse quand je déménageai. Et de loin en loin je recevais d'elle une lettre manuscrite dans laquelle elle me remerciait de ces envois, mais sans jamais me dire si les livres lui avaient plu ni même si elle les avait feuilletés. En revanche, de sa ronde écriture appliquée d'écolière, elle me racontait que les semis de capucines avaient levé au printemps. Ou que cette année-là, la récolte de quetsches avait été exceptionnelle et que sur un fruit entamé par le bec d'un moineau, elle avait vu un des derniers papillons de l'automne, sa longue trompe déroulée, se gorger de sucre, lui qui n'avait pas connu la magnificence de l'été mais auquel octobre offrait encore de quoi se régaler. Ou bien que le chat du jardin, rebaptisé Noé, passait maintenant les nuits d'hiver devant le fourneau, roulé en boule sur une chaise. D'une année à l'autre. Et pendant ce temps j'étudiais à l'université puis, mon adolescence définitivement derrière moi, je voyageai. Ce n'étaient plus alors des lettres mais des cartes postales que j'envoyais à Mariette. Mais un jour je m'aperçus qu'il y avait au moins six mois que je n'avais pas eu de ses nouvelles. Je cherchai sa dernière lettre et la relus. Elle m'y parlait de la bonté de la vie. L'intuition me traversa que je devrais aller là-bas. Et cette pensée me revenait quelquefois entre deux réunions de travail, entre deux articles écrits. Jusqu'au soir où je trouvai dans ma boîte le courrier d'un notaire. Mariette Copiel m'avait légué une maison avec jardin, sise dans un hameau de l'Orne, à quelques kilomètres d'un village nommé Saint-Évroult-Notre-Dame-du-Bois. Et c'est là aussi qu'elle repose, dans le petit cimetière qui entoure l'église de La Gonfrière où, une fois par an, une statue prétendument miraculeuse attire un amateur d'art, quelques promeneurs de hasard ou deux ou trois vacanciers égarés hors des sentiers battus de l'été.

DE LA MÊME AUTRICE

Aux Éditions Buchet Chastel

L'ANNIVERSAIRE, 1984

LA CORNE DE CORAIL, 1987

LA BELLE ITALIE, 2001

LE CHAS DE L'AIGUILLE, 2002

LES PIERRES D'ATTENTE, 2003

Chez Actes Sud

LE DOMAINE, 1999

LES PAROLES DES JOURS, 2002

LES PIERRES VIVES, 2016

Aux Éditions Interférences

DEUX FEMMES ET UN JARDIN, 2021 (Folio n° 7201)

COLLECTION FOLIO

Dernières parutions

6994.	Irène Némirovsky	*L'ennemie*
6995.	Marc Pautrel	*L'éternel printemps*
6996.	Lucie Rico	*Le chant du poulet sous vide*
6997.	Abdourahman A. Waberi	*Pourquoi tu danses quand tu marches ?*
6998.	Sei Shônagon	*Choses qui rendent heureux* et autres notes de chevet
6999.	Paul Valéry	*L'homme et la coquille* et autres textes
7000.	Tracy Chevalier	*La brodeuse de Winchester*
7001.	Collectif	*Contes du Chat noir*
7002.	Edmond et Jules de Goncourt	*Journal*
7003.	Collectif	*À nous la Terre !*
7004.	Dave Eggers	*Le moine de Moka*
7005.	Alain Finkielkraut	*À la première personne*
7007.	C. E. Morgan	*Tous les vivants*
7008.	Jean d'Ormesson	*Un hosanna sans fin*
7009.	Amos Oz	*Connaître une femme*
7010.	Olivia Rosenthal	*Éloge des bâtards*
7011.	Collectif	*Écrire Marseille.* 15 grands auteurs célèbrent la cité phocéenne
7012.	Fédor Dostoïevski	*Les Nuits blanches*
7013.	Marguerite Abouet et Clément Oubrerie	*Aya de Yopougon 5*
7014.	Marguerite Abouet et Clément Oubrerie	*Aya de Yopougon 6*
7015.	Élisa Shua Dusapin	*Vladivostok Circus*
7016.	David Foenkinos	*La famille Martin*
7017.	Pierre Jourde	*Pays perdu*

7018.	Patrick Lapeyre	*Paula ou personne*
7019.	Albane Linÿer	*J'ai des idées pour détruire ton ego*
7020.	Marie Nimier	*Le Palais des Orties*
7021.	Daniel Pennac	*La loi du rêveur*
7022.	Philip Pullman	*La Communauté des esprits. La trilogie de la Poussière II*
7023.	Robert Seethaler	*Le Champ*
7024.	Jón Kalman Stefánsson	*Lumière d'été, puis vient la nuit*
7025.	Gabrielle Filteau-Chiba	*Encabanée*
7026.	George Orwell	*Pourquoi j'écris* et autres textes politiques
7027.	Ivan Tourguéniev	*Le Journal d'un homme de trop*
7028.	Henry Céard	*Une belle journée*
7029.	Mohammed Aïssaoui	*Les funambules*
7030.	Julian Barnes	*L'homme en rouge*
7031.	Gaëlle Bélem	*Un monstre est là, derrière la porte*
7032.	Olivier Chantraine	*De beaux restes*
7033.	Elena Ferrante	*La vie mensongère des adultes*
7034.	Marie-Hélène Lafon	*Histoire du fils*
7035.	Marie-Hélène Lafon	*Mo*
7036.	Carole Martinez	*Les roses fauves*
7037.	Laurine Roux	*Le Sanctuaire*
7038.	Dai Sijie	*Les caves du Potala*
7039.	Adèle Van Reeth	*La vie ordinaire*
7040.	Antoine Wauters	*Nos mères*
7041.	Alain	*Connais-toi* et autres fragments
7042.	Françoise de Graffigny	*Lettres d'une Péruvienne*
7043.	Antoine de Saint-Exupéry	*Lettres à l'inconnue* suivi de *Choix de lettres dessinées*
7044.	Pauline Baer de Perignon	*La collection disparue*
7045.	Collectif	*Le Cantique des cantiques. L'Ecclésiaste*

7046.	Jessie Burton	*Les secrets de ma mère*
7047.	Stéphanie Coste	*Le passeur*
7048.	Carole Fives	*Térébenthine*
7049.	Luc-Michel Fouassier	*Les pantoufles*
7050.	Franz-Olivier Giesbert	*Dernier été*
7051.	Julia Kerninon	*Liv Maria*
7052.	Bruno Le Maire	*L'ange et la bête. Mémoires provisoires*
7053.	Philippe Sollers	*Légende*
7054.	Mamen Sánchez	*La gitane aux yeux bleus*
7055.	Jean-Marie Rouart	*La construction d'un coupable.* À paraître
7056.	Laurence Sterne	*Voyage sentimental en France et en Italie*
7057.	Nicolas de Condorcet	*Conseils à sa fille* et autres textes
7058.	Jack Kerouac	*La grande traversée de l'Ouest en bus* et autres textes beat
7059.	Albert Camus	*« Cher Monsieur Germain,... »* Lettres et extraits
7060.	Philippe Sollers	*Agent secret*
7061.	Jacky Durand	*Marguerite*
7062.	Gianfranco Calligarich	*Le dernier été en ville*
7063.	Iliana Holguín Teodorescu	*Aller avec la chance*
7064.	Tommaso Melilli	*L'écume des pâtes*
7065.	John Muir	*Un été dans la Sierra*
7066.	Patrice Jean	*La poursuite de l'idéal*
7067.	Laura Kasischke	*Un oiseau blanc dans le blizzard*
7068.	Scholastique Mukasonga	*Kibogo est monté au ciel*
7069.	Éric Reinhardt	*Comédies françaises*
7070.	Jean Rolin	*Le pont de Bezons*
7071.	Jean-Christophe Rufin	*Le flambeur de la Caspienne. Les énigmes d'Aurel le Consul*
7072.	Agathe Saint-Maur	*De sel et de fumée*

7073. Leïla Slimani — *Le parfum des fleurs la nuit*
7074. Bénédicte Belpois — *Saint Jacques*
7075. Jean-Philippe Blondel — *Un si petit monde*
7076. Caterina Bonvicini — *Les femmes de*
7077. Olivier Bourdeaut — *Florida*
7078. Anna Burns — *Milkman*
7079. Fabrice Caro — *Broadway*
7080. Cecil Scott Forester — *Le seigneur de la mer. Capitaine Hornblower*
7081. Cecil Scott Forester — *Lord Hornblower. Capitaine Hornblower*
7082. Camille Laurens — *Fille*
7083. Étienne de Montety — *La grande épreuve*
7084. Thomas Snégaroff — *Putzi. Le pianiste d'Hitler*
7085. Gilbert Sinoué — *L'île du Couchant*
7086. Federico García Lorca — *Aube d'été* et autres impressions et paysages
7087. Franz Kafka — *Blumfeld, un célibataire plus très jeune* et autres textes
7088. Georges Navel — *En faisant les foins* et autres travaux
7089. Robert Louis Stevenson — *Voyage avec un âne dans les Cévennes*
7090. H. G. Wells — *L'Homme invisible*
7091. Simone de Beauvoir — *La longue marche*
7092. Tahar Ben Jelloun — *Le miel et l'amertume*
7093. Shane Haddad — *Toni tout court*
7094. Jean Hatzfeld — *Là où tout se tait*
7095. Nathalie Kuperman — *On était des poissons*
7096. Hervé Le Tellier — *L'anomalie*
7097. Pascal Quignard — *L'homme aux trois lettres*
7098. Marie Sizun — *La maison de Bretagne*
7099. Bruno de Stabenrath — *L'ami impossible. Une jeunesse avec Xavier Dupont de Ligonnès*
7100. Pajtim Statovci — *La traversée*
7101. Graham Swift — *Le grand jeu*
7102. Charles Dickens — *L'Ami commun*

7103. Pierric Bailly — *Le roman de Jim*
7104. François Bégaudeau — *Un enlèvement*
7105. Rachel Cusk — *Contour. Contour – Transit – Kudos*
7106. Éric Fottorino — *Marina A*
7107. Roy Jacobsen — *Les yeux du Rigel*
7108. Maria Pourchet — *Avancer*
7109. Sylvain Prudhomme — *Les orages*
7110. Ruta Sepetys — *Hôtel Castellana*
7111. Delphine de Vigan — *Les enfants sont rois*
7112. Ocean Vuong — *Un bref instant de splendeur*
7113. Huysmans — *À Rebours*
7114. Abigail Assor — *Aussi riche que le roi*
7115. Aurélien Bellanger — *Téléréalité*
7116. Emmanuel Carrère — *Yoga*
7117. Thierry Laget — *Proust, prix Goncourt. Une émeute littéraire*
7118. Marie NDiaye — *La vengeance m'appartient*
7119. Pierre Nora — *Jeunesse*
7120. Julie Otsuka — *Certaines n'avaient jamais vu la mer*
7121. Yasmina Reza — *Serge*
7122. Zadie Smith — *Grand Union*
7123. Chantal Thomas — *De sable et de neige*
7124. Pef — *Petit éloge de l'aéroplane*
7125. Grégoire Polet — *Petit éloge de la Belgique*
7126. Collectif — *Proust-Monde. Quand les écrivains étrangers lisent Proust*
7127. Victor Hugo — *Carnets d'amour à Juliette Drouet*
7128. Blaise Cendrars — *Trop c'est trop*
7129. Jonathan Coe — *Mr Wilder et moi*
7130. Jean-Paul Didierlaurent — *Malamute*
7131. Shilpi Somaya Gowda — *« La famille »*
7132. Elizabeth Jane Howard — *À rude épreuve. La saga des Cazalet II*
7133. Hédi Kaddour — *La nuit des orateurs*

7134.	Jean-Marie Laclavetine	*La vie des morts*
7135.	Camille Laurens	*La trilogie des mots*
7136.	J.M.G. Le Clézio	*Le flot de la poésie continuera de couler*
7137.	Ryoko Sekiguchi	*961 heures à Beyrouth (et 321 plats qui les accompagnent)*
7138.	Patti Smith	*L'année du singe*
7139.	George R. Stewart	*La Terre demeure*
7140.	Mario Vargas Llosa	*L'appel de la tribu*
7141.	Louis Guilloux	*O.K., Joe !*
7142.	Virginia Woolf	*Flush*
7143.	Sénèque	*Tragédies complètes*
7144.	François Garde	*Roi par effraction*
7145.	Dominique Bona	*Divine Jacqueline*
7146.	Collectif	*SOS Méditerranée*
7147.	Régis Debray	*D'un siècle l'autre*
7148.	Erri De Luca	*Impossible*
7149.	Philippe Labro	*J'irais nager dans plus de rivières*
7150.	Mathieu Lindon	*Hervelino*
7151.	Amos Oz	*Les terres du chacal*
7152.	Philip Roth	*Les faits. Autobiographie d'un romancier*
7153.	Roberto Saviano	*Le contraire de la mort*
7154.	Kerwin Spire	*Monsieur Romain Gary. Consul général de France*
7155.	Graham Swift	*La dernière tournée*
7156.	Ferdinand von Schirach	*Sanction*
7157.	Sempé	*Garder le cap*
7158.	Rabindranath Tagore	*Par les nuées de Shrâvana* et autres poèmes
7159.	Urabe Kenkô et Kamo no Chômei	*Cahiers de l'ermitage*
7160.	David Foenkinos	*Numéro deux*
7161.	Geneviève Damas	*Bluebird*
7162.	Josephine Hart	*Dangereuse*
7163.	Lilia Hassaine	*Soleil amer*
7164.	Hervé Le Tellier	*Moi et François Mitterrand*
7165.	Ludmila Oulitskaïa	*Ce n'était que la peste*
7166.	Daniel Pennac	*Le cas Malaussène I Ils m'ont menti*

7167. Giuseppe Santoliquido — *L'été sans retour*
7168. Isabelle Sorente — *La femme et l'oiseau*
7169. Jón Kalman Stefánsson — *Ton absence n'est que ténèbres*
7170. Delphine de Vigan — *Jours sans faim*
7171. Ralph Waldo Emerson — *La Nature*
7172. Henry David Thoreau — *Sept jours sur le fleuve*
7173. Honoré de Balzac — *Pierrette*
7174. Karen Blixen — *Ehrengarde*
7175. Paul Éluard — *L'amour la poésie*
7176. Franz Kafka — *Lettre au père*
7177. Jules Verne — *Le Rayon vert*
7178. George Eliot — *Silas Marner. Le tisserand de Raveloe*
7179. Gerbrand Bakker — *Parce que les fleurs sont blanches*
7180. Christophe Boltanski — *Les vies de Jacob*
7181. Benoît Duteurtre — *Ma vie extraordinaire*
7182. Akwaeke Emezi — *Eau douce*
7183. Kazuo Ishiguro — *Klara et le Soleil*
7184. Nadeije Laneyrie-Dagen — *L'étoile brisée*
7185. Karine Tuil — *La décision*
7186. Bernhard Schlink — *Couleurs de l'adieu*
7187. Gabrielle Filteau-Chiba — *Sauvagines*
7188. Antoine Wauters — *Mahmoud ou la montée des eaux*
7189. Guillaume Aubin — *L'arbre de colère*
7190. Isabelle Aupy — *L'homme qui n'aimait plus les chats*
7191. Jean-Baptiste Del Amo — *Le fils de l'homme*
7192. Astrid Eliard — *Les bourgeoises*
7193. Camille Goudeau — *Les chats éraflés*
7194. Alexis Jenni — *La beauté dure toujours*
7195. Edgar Morin — *Réveillons-nous !*
7196. Marie Richeux — *Sages femmes*
7197. Kawai Strong Washburn — *Au temps des requins et des sauveurs*
7198. Christèle Wurmser — *Même les anges*
7199. Alix de Saint-André — *57 rue de Babylone, Paris 7e*
7200. Nathacha Appanah — *Rien ne t'appartient*

Tous les papiers utilisés pour les ouvrages des collections Folio sont certifiés et proviennent de forêts gérées durablement.

Composition Nord Compo
Impression Novoprint
à Barcelone, le 16 juin 2023
Dépôt légal : juin 2023
1er dépôt légal dans la collection : mars 2023

ISBN 978-2-07-300600-4 / Imprimé en Espagne

617217